Albert Schnarwiler

# Das Paradies-Virus

Dieses Buch widme ich – als kleinen Trost – meiner Tochter Natasha und ihren gleichaltrigen Kollegen auf der ganzen Erdkugel, welche – dank der von einer Mehrheit von schwachen Politikern dominierten Regierungen auf dieser Erde – in Zukunft mit ihren Alterskollegen schon sehr viel unter den nicht gelösten grossen Problemen inkl. den globalen Klimaveränderungen leiden werden.

Für das Durchlesen des Manuskriptes danke ich meinen Schwestern Martha und Vreny und meinem Schulkollegen Bruno Lang.

Albert Schnarwiler

# Das Paradies-Virus

Wie ein Virus im Jahre 2037 (fast) alle
Umwelt- und anderen grösseren Probleme
innert 10 Tagen löst

**Bibliografische Information Der Deutschen Bibliothek**

Die Deutsche Bibliothek verzeichnet diese Publikation in der

Deutschen Nationalbibliografie; detaillierte bibliografische

Daten sind im Internet über http://dnb.ddb.de abrufbar

Herstellung und Verlag:
BoD – Books on Demand, Norderstedt

ISBN: 978-3-7322-6257-1

# Inhaltsverzeichnis:

## Vorwort des Verfassers

Dieses Buch ist eine Fantasie-Erzählung im gesell-
schaftskritischen Bereich. Sie erzählt in der Gegen-
wartsform, wie es ab 2020 auf dieser Erde aussieht,
die Personen, das Leben, die Probleme etc. Es ist nicht
Science Fiction, da ja die dargestellte Geschichte nicht
unmöglich, jedoch sehr unwahrscheinlich ist. Das
Buch handelt von einer Geschichte über die vielen
Probleme auf dieser Erdkugel und wie verschiedene
Gruppen und Organisationen versuchen, diese Probleme auf ihre besondere Weise zu lösen. Trotz Erzähl-
form hofft der Autor, zu tiefem Denken, resp. Analysieren anzuregen.

Die Bevölkerung der Erdkugel nimmt dramatische
Ausmasse an und es geht ja nicht nur um Klimaveränderungen, Verschmutzung von Luft, Wasser und Boden. Ebenso dringend zu lösende Probleme sind die
Bereitstellung von einigermassen sauberem Wasser
und gesunden Nahrungsmitteln, Freiheiten der Bürger
und der Wirtschaft, sinnvolle Beschäftigungen für
jedermann, generelle Gleichbehandlung aller Bürger,
Moderierung von Gewinnsucht und Materialismus,
Ausschaltung der schamlosen Abzockerei vieler Manager grosser Unternehmungen, Eliminierung von
Verfilzung und von totaler Korrumpierung eines grossen Teils der Politiker und der Behörden (Exekutive,
Legislative und sogar Justiz) aller Länder dieser Erdkugel etc. etc.

Denn die Situation auf dieser Erde hat sich enorm verändert. Die Bevölkerungen fast aller Länder sind heute etwas informiert (leider einseitig und auf sehr tiefem Niveau), sind selbstbewusster, haben mehr Kaufkraft, wollen mehr Luxus etc. Diese Tendenzen sind unaufhaltbar und schlussendlich ganz natürlich. Das Beängstigende an dieser Entwicklung ist nur, dass die geistige Entwicklung der Menschheit nicht Schritt hält mit dem technischen, finanziellen und materiellen „Fortschritt".

Die Wahrscheinlichkeit, dass diese Erzählung in der Wirklichkeit so oder ähnlich ablaufen könnte, ist minim. Vom wissenschaftlichen Standpunkt her gesehen, wäre es aber leicht möglich, dass die geschilderten Aktionen auch heute schon oder in 10, 20, 50, 100 oder 500 Jahren in diesem Sinne in die Wege geleitet würden. Und es gibt genügend intelligente, frustrierte Bürger, welche von der Situation in der Politik und der Entscheidungsfindung der Politiker mehr als enttäuscht sind.

Was fehlt ist eine straff geführte Organisation, um die richtigen (oder nur besseren) Entscheidungen und Projekte gegen den Willen von schwachen und korrupten Politikern und des lethargischen Teils des Volkes, der nur an „Brot und Spielen" interessiert ist, durchzusetzen.

Jede Ähnlichkeit mit heute lebenden Personen ist rein zufällig und nicht gewollt.

Wenn der Leser dieser Zeilen an dringend zu lösenden Problemen unserer Erdkugel etwas mehr interessiert ist als der grüne Durchschnitt, dann sollte das Buch gelesen werden. Ist der Leser jedoch wegen dieser dringend zu lösenden Probleme sehr besorgt, dann ist dieses Buch ein „Muss", denn es zeigt auf unterhaltsame, aber fatale Weise, was passieren könnte, wenn die Geduld intelligenter Menschen überstrapaziert wird.

Im Buch entscheidet sich, welches Szenarium sich durchsetzt (selbstverständlich gibt es noch viele andere Möglichkeiten):

- Die Menschheit will die zu lösenden Probleme ohne radikale Eingriffe lösen, das heisst nur mit Grünen, Umweltkonferenzen, Vorschlägen aller Art, Vorschriften aller Art etc. etc., was den sicheren Kollaps dieser Erde verursacht (inklusive Menschenaufstände, Bürgerkriege, Wasserkriege etc.).
- Die Menschheit wählt die Agonie-Lösung, das heisst, man lässt alles vor sich hinseuchen.
- Die Menschheit, resp. ein Teil davon, reisst die Initiative an sich und schafft das Paradies der Auserwählten, so wie in diesem Buch erzählt.

In meinem Sachbuch **„Der geistige Kannibalismus"** (erschienen in der ersten Auflage 2007 – ISBN 978-3-8301-1034-7, im Fischer Verlag, Frankfurt, heute jedoch nur beziehbar/kaufbar beim Verlag BoD – Books on Demand, Norderstedt) ist die komplett verworrene Situation auf der Erdkugel, die Geistlosigkeit, das Desinteresse, die Leichtgläubigkeit, die Arroganz und Ignoranz der Mächtigen etc. beschrieben. Auch ist unter anderem die globale Verschmutzung aller Elemente (Wasser, Luft, Boden) inkl. der Folgen davon (zum Beispiel globale Erwärmung/Abkühlung), dank den von Geistkrüppeln dominierten Regierungen aller Länder, erwähnt, respektive kritisiert.

Die Versammlungen der Volksvertreter jeder Landesregierung auf dieser Erdkugel sind durch eine Mehrzahl von sogenannten Geistkrüppel besetzt, welche viel reden aber – gewollt oder nicht gewollt – wenig bis nichts lösen und zwar generell, nicht nur auf den Gebieten Umweltverschmutzung und Klimaveränderungen.

Nun, viel Vergnügen und viel Nach-/Überdenken und Analyse von eigenen Meinungen und Positionen beim Lesen dieser „Fantasie-Geschichte".

## Vorwort des Verfassers für die heute jungen Leute

Immer wird gesagt: „Früher war es besser"! Was nie stimmte. Gut ist es immer in der Gegenwart und vielleicht in der Zukunft.

Aber für die heute jungen Leute kann es wahr werden: „Früher war es besser"! Denn die Umweltbedingungen (Umwelt im weitesten Sinne) verschlechtern sich wirklich und spürbar für die meisten Leute. Das heutige Wirtschaftssystem basiert auf Wachstum, das heisst Wachstum bedeutet Jobs für die jungen Leute, bedeutet wachsenden Wohlstand. Ohne Wachstum oder sogar mit negativem Wachstum gibt es mehr Arbeitslosigkeit, weniger Wohlstand, selbst wenn die Bevölkerungszahlen auch leicht sinken werden.

Wirtschaftlich kann es in Wachstumsmärkten (China, Indien, Brasilien, Russland etc.) noch gute Möglichkeiten geben, sich zu entfalten. Trotzdem wird es auch in diesen Ländern enger, da die Umweltvorschriften immer grösser werden, so dass trotz vorhandener finanzieller Mittel das gewünschte Produkt vielleicht überhaupt nicht oder dann nicht in der gewünschten Qualität, respektive Ausstattung kaufbar ist.

Was bringt eine Kreditkarte mit einem Limit von US$ 10'000, wenn man Brot kaufen will, dieses jedoch nicht im Verkaufsregal zu finden ist?

Wie geht es nun weiter? Was unternehme ich dagegen als intelligente, junge Person?

Die Folgerung daraus lautet, dass es sich lohnt, Analytiker im eigentlichen Sinne zu sein oder zu werden, auch ohne Berücksichtigung der Erzählung dieses Buches.

## 1. Einleitung

Die Geschichte dieses Buches beginnt in irgendeinem
Dorf/irgendeiner Stadt dieser Erdkugel so um das Jahr
2020. Im Buch nennen wir den Ort Altenwil und das
Land Schönland.

Altenwil liegt in einer hügeligen Landschaft mit Wie-
sen, Pflanzungen von Getreide und Wäldern. In der
ganzen Gemeinde leben etwas über 8'000 Einwohner,
die auf das Dorf Altenwil und viele kleinere Weiler
verteilt sind.

Schönland ist ein kleines Land in Europa mit über 15
Millionen Einwohnern, die fast alle in geordneten
Verhältnissen leben, keinen Hunger und wenig Krimi-
nalität erleiden. Das Land ist relativ gut organisiert
und besitzt eine funktionierende, vom Staat unterhal-
tene Infrastruktur, was Strassen, Grundschulen, Ge-
sundheitssystem, Wasser, Abwasser und Altersvorsor-
ge anbelangt. Alles andere, wie höhere Schulen, elektrische Energie, Telekommunikation, Transport (Land,
Wasser, Luft) etc., wird von privaten Unternehmungen
oder von Genossenschaften kontrolliert. Die Landschaft ist geprägt von flachen, hügeligen und bergigen
Gegenden unterbrochen von vielen Wäldern, von
Städten und Dörfern, von Seen und mittelgrossen
Flüssen. Die Wirtschaft ist breit über das Land ge-
streut und international auf einem hohen Niveau. Die
Politik wird – wie bei allen anderen Ländern – domi-
niert von einer Mehrzahl von Politikern (sogenannten
Volksvertretern), die mehrheitlich nur ihre persönli-

chen Interessen vertreten. Die Regierung von Schönland und die Regierungen der übrigen Welt sind fast
immer mit falschen Versprechungen und meist popu-
listischen, linken und grünen Ideologien an die Macht
gekommen, wobei dann – wie immer – die Theorie
und die Versprechungen der eigennützigen und korrupten Praxis Platz machen muss. Die ehrlichen und
fachmännischen Politiker haben keine Möglichkeiten,
dem hinterlistigen Tun Einhalt zu gebieten, umso
mehr als der Justizapparat auch von dubiosen und korrupten Elementen durchdrungen ist. Selbstverständlich
ist Schönland in allen nur möglichen internationalen
Gremien vertreten. Jedes Jahr nehmen die Vertreter
von Schönland an den internationalen Kongressen teil,
wo immer wieder über die gleichen Probleme diskutiert, jedoch fast nie die Basis der Probleme tangiert
wird. Das Hauptziel für die Vertreter der Länder liegt
sowieso im Tourismus, was die Frequenzen der Aus-
flüge in die Umgebung des Kongressortes, die Einkäu-
fe, die Bar-, Night Club- und Bordellbesuche zeigen.
Zum Schluss der Kongresse werden die Erfolge (die
nie stattgefunden haben) hochgelobt und der nächste
Kongressort und Kongresstermin festgelegt.

Herr Adler wohnt in Altenwil. Er ist 41 Jahre alt, ver-
heiratet, hat 2 Kinder im Teenageralter. Er ist Unternehmer, fabriziert wasserstoffbetriebene Autos und
Motorräder und ist ein engagierter Bürger und Mitglied der Freiheitspartei. Seine bevorzugten Themen
sind die Freiheiten jedes Bürgers, die Freiheiten der
lokalen und internationalen Wirtschaft und speziell
auch die Umwelt.

Seine Firma produziert mit 780 Arbeitern/Angestellten um die 8'000 Autos und 10'000 Motorräder – Jahresumsatz 380 Millionen – Jahresnettogewinn 41 Millionen Schönland-Franken.
Er ist der Hauptakteur in diesem Buch.

## 2. Die Leute von Altenwil im Jahre 2020

Neben dem bereits erwähnten Bewohner und den noch zu erwähnenden Bewohnern von Altenwil leben noch Tausende von ungenannten Leuten in Altenwil, die tagtäglich zur Arbeit oder zur Schule gehen, während hauptsächlich Pensionierte und junge Mütter mit ihren Kindern die Strassen, Plätze, Restaurants und Einkaufsgeschäfte tagsüber beleben.

Herr Wolf ist Landwirt und Besitzer der grössten Farm in Altenwil. Die Familie Wolf ist buchstabengetreu katholisch. Sie geht jeden Samstag oder Sonntag in die Kirche, wo Frau Wolf inbrünstig betet, während Herr Wolf, der Mitglied des Kirchenrates der katholischen Kirche ist, auf der Sitzbank in der hintersten Ecke der Kirche – wie viele seiner Religionsgenossen – ein Schläfchen absolviert.
Die Tochter von Wolf's, Maria, wird auf Drängen von Pfarrer Vögeli Messdienerin werden. Maria ist 12 Jahre alt, besucht die 5. Elementarschulklasse. Sie ist körperlich bereits schon Frau, geistig jedoch noch ein Kind. Bei der Ausbildung zur Messdienerin im Pfarrhaus rutscht die Hand des Pfarrers immer häufiger auf die Brust und zwischen die Beine von Maria, die sich nicht getraut, dies der Mutter zu erzählen, denn sie fürchtet – wohl zu Recht – dass die Mutter so etwas dem innigst geachteten Pfarrer und sogenannten Gottesvertreter nicht zutrauen würde.

Herr Schwan ist Mitglied der liberal-demokratisch-sozialen Union – LDSU und deren Vertreter im Bundesparlament. Im Moment ist er wieder einmal im Parlament, wo er durch seine „intelligenten" Vorstösse für die Schaffung allerhand unnötiger Gesetze glänzt. Er ist ein talentierter Unterhalter und organisiert viele Anlässe, wo sich die sogenannten wichtigen Leute, wie Politiker, Beamte, Leute vom Show-Business, Wichtigtuer und eine Menge von jungen Schauspielerinnen, Tänzerinnen und Models treffen. Das dazu benötigte Geld erhält er von seinen korrupten Kollegen im Parlament, die hier ein interessantes Feld für die weitere Verfilzung und Korrumpierung der Mehrbesseren der Bevölkerung finden.

Herr Fuchs, als Prediger der Bibel-Vereinigung „Salomon", schimpft jeden Samstag über die Laster der Menschen, speziell der Jugend. Der Teufel und das Ende der Welt sind immer sehr nahe. Er versucht, möglichst viele Bürger von Altenwil für seine verlogenen Anschauungen zu gewinnen. Schlussendlich ist er mehr an den wöchentlichen Abgaben der Mitglieder der Bibel-Vereinigung interessiert als an deren Seelenheil.

Die Familie Egli wohnt in einem schönen und grossen Haus, wo Herr Dr. Egli auch seine Arztpraxis betreibt. Er ist ein ausgezeichneter Arzt und bezahlt Jugendlichen von finanziell minderbemittelten Familien einen Teil der Studienkosten an Universitäten. Herr Dr. Egli und Herr Adler treffen sich hie und da, um über aktuelle Probleme zu diskutieren.

Herr Ente ist Senator der Sozialen Sozialisten-Partei –
SSP und versteckter Drogenboss. Letzte Woche musste er seiner früheren Hausangestellten eine vom Gericht verfügte Entschädigung wegen Misshandlung
bezahlen. Generell behandelt und bezahlt er seine Be-
diensteten schlecht, so dass er nur noch neue Hausan-
gestellte kriegt, weil Arbeiterfamilien meinen, dass
ihre Töchter dort gut aufgehoben sind.
Im Senat bringt er gerade einen neuen Gesetzesvor-
schlag ein, der die Strafe für den Handel von Drogen
verschärft. Da der Markt eine Verknappung der Ware
befürchtet, sind bereits die Preise für die Drogen gestiegen, was den bereits wahnsinnig hohen Gewinn
des Herrn Ente noch enorm erhöht.
Er ist ein Spezialist in Geldwäscherei. Um seine Gewinne aus dem Drogenhandel reinzuwaschen, inves-
tiert er die Gelder in ausländischen Immobilien auf der
ganzen Erdkugel mittels einer unübersehbaren Kom-
bination von Firmen, so dass das in Schönland ver-
steuerte Vermögen von Herrn Ente angeblich aus im
Ausland versteuerten Grundstückgewinnen stetig „le-
gal" wächst.

Herr und Frau Ameise arbeiten beide in Altenwil; er in
einer der Automontagelinien der Fabrik von Herrn
Adler, sie in der Gemeindeverwaltung. Herr Ameise
ist ein tiefer Denker. Seine etwas eintönige Arbeit
kompensiert er am Abend und an den Wochenenden
mit Schach spielen, Bücher lesen und klassische Mu-
sik hören. Seine Frau ist mehr an den oberflächlichen
Seiten des Lebens interessiert, so dass sie immer das

Gefühl hat, mit ihrer Heirat etwas vom lustigen Leben verpasst zu haben.

Herr Hirsch ist Bundesrichter, das heisst ein sehr geachteter Mann. Dass er bei seinen Richtersprüchen auch mal ein Auge zudrückt, sofern die Vergütung in bar genügend hoch ist, weiss fast niemand.

Herr Bär, ein Schwager von Herrn Hirsch, besitzt eine grosse Hoch- und Tiefbauunternehmung. Seine Firma baut fast nur für die öffentliche Hand. Bei allen Bauobjekten, wo man viel Unvorhergesehenes erwartet, ist er dabei. Da lässt sich schön Geld zusätzlich verdienen, da die Preise nicht stark geprüft werden und man auch Arbeiten in Rechnung stellen kann, die man nie ausgeführt hat. Wenn nötig, wird bei den involvierten Politikern und Beamten mit teuren Geschenken nachgeholfen. Herr Bär ist da ein Experte. Zuerst werden kleine Geschenke verteilt, um die entsprechenden Personen zu korrumpieren, damit sie sich nicht mehr ohne Schaden aus dem Teufelskreis herauswinden können. Dann, um sie zufrieden zu stellen, kommen die grossen Geschenke. Bis jetzt hat Herr Bär immer Erfolg gehabt. Im Notfall hilft ihm ja auch Herr Bundesrichter Hirsch.

Herr Esel, General Manager der United Banking Corp. (UBC), wohnt auf einem riesigen Gelände von ca. 30'000 m2 in der schönsten Villa in Altenwil. Jeder Luxus ist vorhanden, wie Swimming Pool, unterirdische Kegelbahn, Tennisplatz, Mehrzwecksportplatz, Minigolfanlage und vieles mehr. Die Villa hat 15

Schlaf-, 10 Bade-, 4 Wohnzimmer und 3 Büroräume, selbstverständlich alles in der teuersten Ausstattung. Er verdient pro Monat nicht in Schönland-Franken, sondern 1.5 Millionen Euro und einen Jahresbonus, der selbst bei einem Verlust der Bank mindestens 10 Millionen Euro, bei guten Bankgewinnen bis 30 Millionen Euro beträgt. Wer ihn Abzocker nennt, verwickelt er in einen langwierigen, von Bank-Juristen geführten Prozess.

Die Gemeinde Altenwil schliesst keine Steuerabkommen ab, auch nicht mit dem grössten Steuerzahler, Herrn Esel, da dies gesetzlich nicht möglich ist. Um ihn aber bei guter Laune zu halten, werden ihm alle möglichen und unmöglichen Vergünstigungen kostenlos gewährt. So arbeiten zwei Gemeindearbeiter zu mehr als 80 % der Arbeitszeit für die verschiedensten Arbeiten und Erledigungen auf dem Gelände von Herrn Esel. Im Sommer wird die enorme Rasenfläche wöchentlich durch den Gemeinderasenmäher gemäht, im Winter wird selbstverständlich die Schneeräumung innerhalb des Grundstückes von Herrn Esel durch die Gemeindemaschinen erledigt. Gemeindegebühren irgendwelcher Art, wie Wasser, Abwasser, Kehricht und anderen bezahlt er – wie nicht anders zu erwarten ist – nicht.

Herr Esel arbeitet angeblich sehr hart. Abends – meist müde – kommt er selten vor Mitternacht nach Hause. Morgens hingegen ruht er häufig bis gegen 10 Uhr. Hie und da und während seinen häufigen Geschäftsreisen schläft er irgendwo auswärts. Seine Frau ist extrem eifersüchtig, geizig und ziemlich dumm. Sie spioniert ihren Ehemann bei allen möglichen und unmöglichen Gelegenheiten aus, was hie und da zu peinlichen Szenen für Herrn Esel ausartet.

So gegen halb elf bis elf erscheint er in der nahen Grossstadt im Büro. Niemand vermisste und vermisst ihn dort, das heisst jedermann ist froh, wenn er lange nicht im Büro erscheint. Die Bank funktioniert ohne ihn ebenso gut, ja noch besser.

Vor dem Mittagessen unterschreibt er noch ungelesen eine grosse Menge von Dokumenten. Sein Mittagessen dauert von 12-15 Uhr mit Kunden und Geschäftsfreunden. Bis ca. 17 Uhr gibt es noch Sitzungen in der Bank, dann geht es wieder mit Kunden und Geschäftsfreunden bis spät in die Nacht ab zum Golf oder in einen Privatclub, wo auch willige und schöne bis welke Damen für jeden Zweck zur Verfügung stehen.

Alle diese ausserbanklichen Aktivitäten, inklusive die Damen, dienen angeblich der Pflege von sehr guten und potenten Kunden. Selbstverständlich bezalt die Bank alle Kosten – auch den Privatanteil des General Managers.

Herr Ziege ist selbständiger Treuhänder und zusammen mit Pfarrer Vögeli Leiter der Umweltaktivisten-Versammlungen und zugleich auch Präsident der Hellgrün-Partei. Lokal gibt es nicht viel zu reklamieren, denn die meisten Häuser und Wohnungen in Altenwil sind energiearm, zum Teil sogar energieneutral gebaut. Die Produktionsbetriebe verursachen keine schlechte Luft, da sie – wie die Auto- und Motorrad-

Fabrik von Herrn Adler – zum grössten Teil nur montieren, das heisst die Einzelteile eines Produktes werden bei vielen verschiedenen Lieferanten auf dieser Erde eingekauft.

Herr Ziege ist ein erklärter Gegner von Herrn Esel, da dieser nach Ansicht von Herrn Ziege ein Abzocker im wahrsten Sinne ist, da er wenig leistet und dafür ein viel zu grosses Salär bezieht. Zudem privilegiert ihn die Gemeinde Altenwil, wo sie nur kann. Vergeblich zog Herr Esel den Herrn Ziege wegen Verleumdung vor das Gericht.

Der junge Pfarrer Heinz Vögeli bereitet zusammen mit seiner Tante, der 58-jährigen Pfarrköchin Elsa Keusch, seine Rede vor, die er bei der nächsten Versammlung der Umweltaktivisten vortragen will. Herr Esel, obwohl er nie die Kirche besucht, aber hie und da dem Pfarrer Vögeli einen finanziellen Beitrag zukommen lässt, bittet ihn, nicht grosse Forderungen an die Wirtschaft zu stellen, da dies seine Kunden abschrecken könnte. Da der Obolus diesmal besonders reichlich ausgefallen ist, streicht Pfarrer Vögeli gern ein paar angriffige Sätze.

Schlussendlich ist da noch Herr Schäfli mit seiner sportlichen Familie. Seine junge, schöne, charmante und sehr attraktive Frau funktioniert als Managerin. Er trainiert intensiv für die nächsten Marathon-Anlässe. Bei den letzten Weltmeisterschaften rangierte er nur auf dem 47. Platz. Die Enttäuschung war sehr gross. Frau Schäfli hat jetzt Kontakt mit einem asiatischen Labor, das Doping produziert, welches bei Einnahme gemäss genau definierten Instruktionen des Labors nicht entdeckt wird. Die Adresse bekam sie vom Manager des Marathon-Läufers auf dem dritten Platz bei den Weltmeisterschaften. Der Manager und Frau Schäfli verbringen nun während des Trainings der beiden Marathon-Läufer immer viel Zeit zusammen, zum Teil und immer häufiger auch in verschiedenen Hotel-Betten.

Der Manager des anderen Marathonläufers kündigt seinen Vertrag und wird jetzt auf Drängen von Frau Schäfli neuer Manager von Herrn Schäfli. So können die beiden neben den vielen Marathon-Trainings auch während den offiziellen Anlässen zusammen sein. Denn die einzige starke Nebenwirkung des Dopingmittels ist die unangenehme Tatsache, dass Herrn Schäfli's Interesse für Frauen total eingeschlafen ist, so dass diese Dreiecksbeziehung für alle ideal ist.

## 3. Eine Organisation formiert sich – die Robotik messe in Japan

Wie jedes Jahr besucht Herr Adler auch im Jahre 2022 die Robotikmesse in Japan. Seit Jahren trifft sich an dieser Messe unter der Regie von Herrn Adler eine Gruppe von intelligenten und analytisch denkenden Menschen vieler Berufsgattungen und verschiedener Länder. Jeder nimmt jedes Jahr wieder neue, gleich denkende Mitmenschen zu diesem Treffen, so dass dieses Jahr bereits 2820 Teilnehmer von 46 verschiedenen Ländern angemeldet sind. Diese grosse Interessengruppe nennt sich „die Analytiker", weil man die Probleme tief analysieren und Lösungen vorschlagen will, welche die Probleme an der Basis treffen. Die Versammlung findet jeweils am ersten Freitagnachmittag während der Robotikmesse statt. Diskutiert wird speziell über Probleme, welche durch die Politiker gelöst werden sollten, aber gewollt oder weil unfähig, jahrelang vor sich hergeschoben werden, wie zum Beispiel Überbevölkerung der Erdkugel, Wassermangel, Umweltfragen, Finanzkrisen, religiöse Intoleranz und Ignoranz, Grenzziehungen zwischen Ländern etc. etc.

Dieses Jahr schlägt Herr Adler die Gründung einer neuen weltweit aktiven Partei vor, was von allen Teilnehmern begrüsst wird. Man will weltweit aktiv in die Politik einsteigen, die Probleme an der Basis lösen und einigt sich auf den Namen „Analytiker-Partei". Ein zehnköpfiges Komitee, unter dem Vorsitz von Herrn Adler, übernimmt die Ausarbeitung des Statutenentwurfes und des Entwurfes der Aufnahmebedingungen in die Partei, denn man will nur überzeugte Analytiker in dieser Partei. 2023 soll am gleichen Ort über die beiden Entwürfe abgestimmt werden und die eigentliche Gründung der Analytiker-Partei erfolgen.

Da Frau Adler dieses Jahr nicht zur Robotik-Messe mitgekommen ist, beschliesst Herr Adler den Freitagabend mit japanischen Freunden zu verbringen, welche ihn zu einem typischen japanischen Essen einladen. Herr Adler ist der einzige Nicht-Japaner im Restaurant. Das Sitzen auf einem Kissen am Boden mit verschränkten Beinen ist für Herrn Adler ungewöhnlich und etwas anstrengend. Dafür ist das Essen – von hübschen, leichtfüssig dahinhuschenden Japanerinnen serviert – umso köstlicher.

Während und nach dem Essen werden eifrige Gespräche über die Gründung der neuen Partei geführt. Die Japaner sind voll begeistert, denn auch sie sind nicht mehr mit ihrer Regierung, deren Entscheidungen und dem degenerierten Demokratieverständnis einverstanden.

Schlussendlich bricht man zu einem besonderen Höhepunkt, speziell für Herrn Adler, auf. Die Japaner fahren zu einem japanischen Massage-Etablissement. Dort wird jeder separat von nicht mehr ganz sehr jungen, in einer Geisha-Tracht steckenden Japanerinnen abgeholt und in ein Zimmer geführt, das einer sehr schönen japanischen Landschaft gleicht. Herr Adler ist etwas verwirrt, da er ja auch nicht genau weiss, was jetzt passieren wird. Zugleich plagt ihn ein paar Augenblicke das schlechte Gewissen, da er an seine Frau denkt. Aber die Japanerin lässt ihn nicht lange überlegen und versucht ihm klarzumachen, dass er seine Kleider ausziehen soll, was er auch sofort befolgt. Dann lädt sie ihn ein, auf einen gepolsterten Tisch zu liegen, wo sie mit der Massage anfängt; eine Massage wie sie Herr Adler noch nie erlebt hat. Die Hände und Finger der Japanerin gleiten leicht und doch bestimmt – wie verzaubert – über den ganzen Körper. Am Schluss vollbringen die japanischen Finger eine Mikro-Massage dem Rückgrat entlang, welche die entsprechenden Gehirnzellen enorm elektrisieren, was dann schlussendlich zum erlösenden Orgasmus führt. Herr Adler ist begeistert von der Fertigkeit dieser Hände und Finger und nimmt sich vor, das nächste Jahr wieder ein solches Vergnügen zu genehmigen. Herr Adler und seine japanischen Freunde beschliessen den Abend mit einem japanischen Whisky in einer Bar, wo wieder über die kommende Gründung der Analytiker-Partei diskutiert wird.

## 4. Das Leben in Altenwil, Schönland und der übrigen Welt – Teil 1

In Altenwil sind verschiedene Gruppen an der Diskussion über die brennendsten Probleme beteiligt, das heisst die Schulreform, die Möglichkeiten, den Verkehr in den Quartieren zu beruhigen, die Beteiligung von Schönland an einer Wirtschaftsunion. Über die verschiedenen Umweltprobleme werden wenige Worte gesprochen, denn in Altenwil hat jeder fliessendes und sauberes Wasser im Hause, der Kehricht wird eingesammelt und zum Teil wiederverwertet, das Abwasser wird unterirdisch weggeführt und gereinigt und die Luft ist wenig verschmutzt.

Die grünen Organisationen in Altenwil hingegen sprechen logischerweise viel über die Umweltprobleme. Herr Ziege und Pfarrer Vögeli versammeln jeden Monat die Umweltaktivisten von Altenwil. Leider erscheinen nur jeweils zwischen 15 und 25 Personen. Das Resultat dieser Zusammenkünfte ist recht dürftig, mal pflanzen die Aktivisten als Alibiübung ein paar Bäume, mal wird ein Bänkchen zum Ausruhen an einem schattigen Ort hingesetzt.
Fast alle Aktivisten schalten an einem bestimmten Tag einmal pro Jahr für eine Stunde die Lichter ihrer Häuser aus, so wie das weltweit andere Gutmeinende aber wenig Bewirkende machen. Herr Ziege fliegt und fährt Tausende von Kilometern in die Ferien und bezahlt einen Beitrag für ein Umweltprojekt, um sein Gewissen zu beruhigen.

Der Landeskongress der Umweltaktivisten tagt dieses Jahr in einem riesigen Zelt in Altenwil. Herr Schwan organisiert parallel in einem kleineren, dafür luxuriös ausgestatteten Zelt eine Umwelt-Diskussionsrunde der Parlamentarier von Schönland. So können sich die Parlamentarier im Fernsehen propagandaträchtig präsentieren, obwohl die meisten sich überhaupt nicht für dieses Problem interessieren noch engagieren. Herr Schwan hat natürlich auch an das Vergnügen gedacht und wie man Leute korrumpieren kann, so dass eine ganze Armee von Schauspielerinnen, Tänzerinnen und Models in Altenwil auftaucht. Selbst gesittete Ehemänner von Altenwil und Umgebung können es nicht lassen und kurven häufig in und um das Parlamentarierzelt, um die Schönheiten zu begutachten.

Der grösste Teil der Einwohner der Gemeinde Altenwil interessiert sich jedoch weder für lokale, noch Landes- und internationale Probleme. Sie sind nur mit sich selber beschäftigt, das heisst sie wollen gut essen, trinken, seichte Fernsehunterhaltung, lustige Wochenende, viele Feiertage und ein bis zweimal pro Jahr möglichst passive Ferien.

Herr Wolf merkt ganz klar, dass in der Landwirtschaft etwas nicht mehr stimmt. Nur redet er nicht darüber. Aber die Zahlen seiner Buchhaltung der landwirtschaftlichen Tätigkeit der vergangenen 25 Jahre zeigen unschöne Tendenzen. Sein Rindviehbestand ist konstant geblieben, die Kosten der Medikamente für die Tiere sind auf das Dreifache gestiegen, die Produktion von Milch und Fleisch ist leicht gefallen. Was besonders ins Gewicht fällt, ist der Mehreinkauf von Dünge- und Futtermitteln. Obwohl er mehr düngt, ist die geschnittene Menge Grünfutter markant gefallen und der Nährstoffgehalt gesunken. Herr Wolf ist ein in sich gekehrter Mensch. Er diskutiert nicht gerne über Probleme. Er weiss, dass die Landwirtschaft zu einem schönen Teil selber die Schuld trägt und tragen muss an den Veränderungen der Umwelt. Zu gross ist jedoch der Druck, um die finanzielle Situation zu verbessern oder wenigstens nicht zu verschlechtern. Ökologische Bedenken, die auch im Gehirn von Herrn Wolf herumschwirren, muss er – will er überleben – verdrängen.

Auch die Bürger in aller Welt diskutieren über die aktuellen Probleme auf der Erdkugel, unter anderem über Klimaveränderungen und Umwelt. Kaum von den Kongressen zurück, schaffen die Politiker der wenigen Regierungen, die das Umweltproblem seriös anfassen, wieder neue Gesetze, um dies und das zu verbieten oder einzuschränken, die Exekutiven verreglementieren die letzten Oasen von Freiheiten. Trotzdem bleiben die Probleme bestehen, respektive es werden sogar neue geschaffen, hauptsächlich weil immer viel geflickt wird, aber die Probleme fast nie an der Basis gelöst werden. Für die Volkswirtschaft ist dies eine unhaltbare Situation, denn einerseits müssen immer mehr bürokratische Vorschriften eingehalten werden, andererseits behindert die stetige Unsicherheit bezüglich Vorschriften, Gesetze und Verbote das wirtschaftliche Geschehen.

In immer kürzeren Intervallen werden via UNO und anderen Organisationen Umweltkonferenzen einberufen, wo ca. 200 Länder vertreten sind und eine ganze Völkerschar auf Kosten ihres Landes erstens Tourismus betreibt und geniesst und zweitens langweiligen und lügenhaften Reden zuhört.
Zum Schluss versucht man, alle Meinungen „unter einen Hut" zu bringen und unverbindliche Minimalbeschlüsse und Vorgaben zu protokollieren. Dem dummen Volk werden dann schöne Ziele, Wünsche und Massnahmen via „Kommuniques" mitgeteilt.

Die angekündigten Massnahmen nützen nichts, da sie nur angekündigt sind, jedoch nicht oder nur zum Teil in die Praxis umgesetzt werden. Die Frustration in einigen Ländern ist gross, da die Politiker auf Kosten ihrer Bevölkerung grosse Anstrengungen unternehmen, um zur Lösung des Problems beizutragen, während auf der anderen Seite eine Mehrheit der Länder wenig bis fast nichts dagegen unternimmt.

In Asien ist der Aralsee jetzt das erste Mal fast total eingetrocknet. Schon seit Jahrzehnten leidet dieser See unter verschiedenen menschlichen Einflüssen, wobei die Wasserableitungen hauptsächlich für die Landwirtschaft die grössten Sünder sind.

Ein anderes Drama mit Wasser zeichnet sich in Südamerika ab. Grosse Hoffnungen setzten und setzen südamerikanische Staaten auf unterirdische riesige Trinkwasserreserven, die sich unter mehreren Ländern ausdehnen und bei denen bei sporadisch stattfindenden Laborproben neuerdings aus zivilisatorischen Quellen stammende Verschmutzungen festgestellt werden – noch relativ harmlos, aber doch von Probe zu Probe zunehmend. Die Gründe sind noch unbekannt, aber man vermutet, dass zumindest ein Teil davon aus der Landwirtschaft stammt, da über den Trinkwasserreserven grosse intensiv genutzte Anbaugebiete sich befinden, wo Dünger und Pestizide, teilweise sogar verbotene Produkte, grosszügig verwendet werden. Ein anderer Grund könnte in den unzähligen unsachgemäss bewirtschafteten und zum Teil auch illegalen Kehrichtdeponien liegen. Viele davon werden nicht mehr benutzt; bei einer grossen Zahl weiss man nicht einmal mehr, wo sie sich befinden.

## 5. Die Analytiker-Partei wird gegründet.

Die Robotikmesse in Japan im Jahre 2023 ist ein Meilenstein in der neueren Geschichte der Menschheit und der Erdkugel.

Herr Adler und die anderen 9 Mitglieder des Komitees haben den Statutenentwurf der neuen Partei – Analytiker-Partei – und zugleich einen Entwurf der Aufnahmebedingungen in die Partei ausgearbeitet. Alle angemeldeten Teilnehmer erhalten die beiden Entwürfe sofort zu Beginn der Robotikmesse zugestellt.

Am 1. Freitagnachmittag während der Robotikmesse trifft sich wieder die Interessengruppe „die Analytiker". Herr Adler eröffnet die Versammlung und erklärt die Traktanden der Versammlung. Dieses Mal wird wenig über die vielen Probleme auf der Erdkugel diskutiert. Man will mehr Zeit der Gründung der Analytiker-Partei zuteilen.
Nach einer Stunde Diskussion über verschiedene Themen lädt Herr Adler die Versammelten ein, ihre Meinung zum Statutenentwurf vorzubringen. Mit einigen kleineren Abänderungen genehmigt man die Statuten und gründet die „Analytiker-Partei". Neben Herrn Adler als Präsident werden weitere 10 Personen in das Direktorium der internationalen Analytiker-Partei gewählt, welches die Gründung der nationalen Parteien überwacht. Der Sitz der internationalen Analytiker-Partei ist bis auf weiteres in Altenwil, in den Büros der Fabrik von Herrn Adler.

Die verschiedenen Meinungen betreffend die Aufnahmebedingungen in die Partei sind sehr zahlreich.
Allgemein herrscht die Meinung, dass die Aufnahmebedingungen noch härter sein sollten als der Entwurf
es vorsieht. Schlussendlich kommt es auch hier zu
einer guten Lösung. Einstimmig ist auch vorgesehen,
dass sich alle Personen, inklusive der hier Versammelten, dem Aufnahmeprozedere stellen müssen.
Das Direktorium der internationalen Partei wird das
Aufnahmeprozedere und die Aufnahmeprüfung definitiv schriftlich festsetzen und an die nationalen Parteien
verteilen.

An den zukünftigen Robotikmessen in Japan gibt es
nur noch informelle Versammlungen der Interessengruppe „die Analytiker". Dafür findet ein jährlicher,
internationaler Kongress der Analytiker-Partei statt,
der erste im Jahre 2024 in London.

Mit Genugtuung und dem Eindruck, dass fast alle der
Anwesenden zufrieden sind, schliesst Herr Adler die
Versammlung.

Leider reicht es Herrn Adler dieses Jahr nicht, einen
Abend wie letztes Jahr mit japanischen Freunden zu
verbringen, obwohl jede Menge Einladungen vorhanden sind. Zu gross sind die Verpflichtungen im Rah-
men der Gründung der Analytiker-Partei. Nächstes
Jahr will er aber auf keinen Fall auf diesen wunder-
schönen japanischen Abend verzichten.

Herr Adler – kaum zurück in Altenwil – gibt seinen
Austritt aus der Freiheitspartei bekannt und gründet in
Altenwil die lokale und in Schönland die nationale
Analytiker-Partei. Bei beiden Organisationen amtet er
als Präsident. Daneben arbeitet er sehr intensiv in Videokonferenzen mit den anderen 10 Direktoriumsmit-
gliedern am Aufnahmeprozedere in die Analytiker-
Partei. Man beschliesst, 8 Themen mit je 10 Fragen –
persönliche Daten, Menschenrechte, Religion und
Ideologien, lokale Gemeinderegierung, Landesregie-
rung, Logik, Umwelt, Zukunft der Erde – via Internet
an die Kandidaten zu stellen. Zusätzlich sollen zwei
Gespräche zwischen den Kandidaten und zwei Mitgliedern der Analytiker-Partei des entsprechenden
Landes entweder persönlich oder ebenfalls via Internet
Aufschluss über die neuen Analytiker geben.

Je nach Resultat der Fragen und Gespräche nimmt
man die Person als Mitglied oder dann provisorisch
als Kandidat auf. Bei einem ungenügenden Resultat
kann für die nächsten 5 Jahre keine neue Aufnahme in
die Analytiker-Partei beantragt werden.

Seit der Gründung der internationalen Analytiker-
Partei sind in weniger als einem halben Jahr in 96
Ländern Analytiker-Parteien gegründet worden. Die
Aufnahmeprüfungen finden überall in beschleunigtem
Rhythmus statt. Man hofft, weltweit bereits in unge-
fähr fünf Jahren ca. 50 Millionen Mitglieder und 80
Millionen Kandidaten zählen zu können.

## 6. Das Leben in Altenwil, Schönland und der übrigen Welt – Teil 2 und die internationalen Konflikte und Probleme häufen sich

Herr Hirsch, Bundesrichter, musste sich einer Untersuchung seiner finanziellen Transaktionen unterziehen, da er bei einem Bundesgerichtsentscheid die eine Partei – gemäss der Gegenseite – stark begünstigt haben soll. Da Herr Hirsch – mit allen Wassern gewaschen – seine illegalen Tätigkeiten immer mit Bargeld erledigt, konnte man ihm nichts nachweisen.

Herr Schwan hat auf Drängen von Herrn Pfarrer Vögeli im Parlament einen Gesetzes-Entwurf vorgebracht, der den Auto-Verkehr jeden vierten Sonntag verbieten wollte. Seine illustren Parlamentskollegen appellieren sofort, worauf er den Entwurf mit fadenscheinigen Argumenten zurückzieht.

Herr Dr. Egli und Herr Ameise nehmen an einem regionalen Schachturnier teil. Es kommt zu einem Final der beiden Schachspieler aus Altenwil, bei dem Herr Dr. Egli gewinnt. Aber Herr Ameise gewinnt dafür einen guten Freund, denn von nun an spielen sie öfters Schach miteinander und diskutieren über verschiedene Probleme. Herr Dr. Egli finanziert jetzt auch teilweise das Studium der Tochter von Herrn Ameise, die Medizin studiert. Sie kann auch medizinische Fachliteratur bei Herrn Dr. Egli ausleihen.

32 Polizisten – alle in Zivilkleidern – organisieren eine Polizei-Razzia der besonderen Art in einem Bordell der gehobenen Klasse in der Umgebung von Altenwil. In kleinen Gruppen von zwei bis vier Polizisten tauchen sie im Etablissement nach und nach auf und vergnügen sich bei alkoholfreien Getränken an der Bar. Ein Bus wartet in der Nähe auf den kommenden Einsatz. Die erste Gruppe hat die Aufgabe, die Bordellkunden schon auf dem Parkplatz inklusive der entsprechenden Autos und Motorräder versteckt zu fotografieren. Die Fotos und eventuelle zusätzliche Informationen werden sofort via Internet an die Zentrale übermittelt, wo Polizeikollegen versuchen, die Leute mit Polizei- und anderen Datenbanken zu identifizieren. Drei Bordellkunden kann die Polizei nicht identifizieren. Der Polizeichef überwacht die ganze Übung, damit er die Mehrbesseren vor dem Polizeizugriff schützen kann. Und tatsächlich sind fünf Mehrbessere unter den Kunden, unter anderen die Herren Ente und Bär. Der Polizeichef gibt dem Einsatzleiter vor Ort die Anweisung, diese fünf Kunden unter keinen Umständen – selbst wenn sie mit einem Kilogramm Drogen frei herumlaufen – und in keiner Art und Weise in die Polizeiaktion einzubeziehen. Bei allen Demokratien auf dieser Welt läuft es gleich oder ähnlich ab; es gibt Leute, die haben mehr Rechte und dann gibt es noch das dumme Volk, das arbeitet und Steuern bezahlt. Der Einsatzleiter und zwei Polizisten verhaften unbemerkt die Bordellchefin und gehen mit ihr in einen Nebenraum. Da sie die meisten Kunden persönlich kennt, weiss sie, in welchen luxuriösen Zimmern sich die Mehrbesseren mit einer oder mehre-

ren Damen eingenistet haben. Die anderen Polizisten gehen zu den Zimmertüren ohne Mehrbessere und sprühen schnell unter der Türe eine neu auf dem Markt erhältliche Flüssigkeit in die Zimmer, so dass alle Zimmerbewohner innert drei Sekunden einschlafen und keinen Lärm verursachen. Der Einsatzleiter öffnet nun mit dem von der Bordellchefin fast freiwillig erhaltenen Passepartout die Türen und die Polizisten untersuchen die Zimmer mit einem speziellen Drogendetektor. Alle Personen, welche eine die Toleranzgrenze überschreitende Menge an Drogen besitzen, werden noch im Schlafzustand inklusive die dazugehörenden Kleider in einen privaten Bus verfrachtet. Dann schliesst man wieder alle Zimmer und die Polizei fährt mit dem Bus und diversen Privatautos ins Polizeizentrum. Im Bordell wachen die nicht von der Polizei abtransportierten Personen langsam auf. Sie wissen nicht, was passiert ist und fahren mit den Vergnügungen wieder fort. Die Bordellchefin verbietet allen Angestellten und Kunden, welche die ganze oder einen Teil der Polizeiaktion in der Bar miterlebt haben, irgendetwas auszuplaudern.

Einer der von der Polizei nicht identifizierbaren Männer ist der Herr Fuchs, dessen Aussehen sich mit Perücke, Kleidern und Kosmetik sehr stark verändert hat. Da er nur mit einer an der Toleranzgrenze liegenden Menge an Drogen verhaftet wurde, lässt man ihn laufen. Aber die Meldungen und Fotos in den Medien am nächsten Tag nagen am Ansehen des Predigers gegen die Laster. Gegen 20 der Verhafteten wird nun ein Prozess wegen Drogenhandels eröffnet.

Anfangs Juli des Jahres 2024 entsteht im Nahen Osten ein erster ernsterer Konflikt um das zur Verfügung stehende Wasser. Alle Länder dieser Region wachsen bevölkerungsmässig immer noch stark; die Wasserressourcen hingegen gehen eher zurück. Das Wasserdefizit ist – neben der ohnehin schon prekären politischen Situation – das grösste Problem. Die Landwirtschaft benötigt für die Bewässerung einen Drittel des Wassers. Zum Glück helfen einige Nachbarländer der Region mit substantiellen Wasserlieferungen. Die Wassergewinnung aus Meerwasser nimmt auch an Bedeutung zu. Trotzdem ist der Wassermangel permanent.

Überfallgruppen haben einen Wasserableitungskanal in Israel gesprengt. Daraufhin setzt eine wochenlang andauernde Vergeltung mittels Überfällen beider Konfliktseiten ein ernstes Warnsignal. Die Uno mahnt zur Einsicht und bietet Vermittlung an, was jedoch wirkungslos verhallt. Da Israel-freundliche Länder und Diasporagemeinden unheimlich grosse finanzielle Potenz aufweisen und demzufolge in vielen Ländern und auch in der UNO alles entscheiden wollen und können, sind die arabischen Interessen fast immer schlecht vertreten.

Schlussendlich gewinnen die Vernunft und die Geberlaune einiger Länder. So wird kurzfristig ein mittelgrosser Eisberg aus der Antarktis, der bereits auf dem Weg nach Spanien und Italien ist, nach dem Nahen Osten umgeleitet, wo er als Trinkwasser von verschiedenen Ländern abgebaut wird. Mittel- und langfristig sind drei Meerwasserentsalzungsanlagen versprochen,

so dass vorläufig wieder etwas Ruhe – was die Wasserversorgung betrifft – in die Region eintreten sollte.

Seit Jahrzehnten bohren Ölfirmen im Meer nach Erdöl. Immer wieder gab es mehr oder weniger grosse
Ölunfälle, die die Problematik mit diesen Bohrungen
aufwarfen und viele Diskussionen, Vorschläge und
Vorschriften produzierten. In der Praxis passierte und
passiert aber wenig und kostspielige Sicherungsmass-
nahmen werden vielfach nicht benützt. Brasilien be-
gann, vor der Küste immer tiefer zu bohren – vorder-
gründig mit Erfolg. Bei einer gewaltigen Explosion
vor zwei Tagen auf einer Ölplattform und den aufstei-
genden Rohren, die aus unerklärlichen Gründen mit
unter gewaltigem Druck stehendem, leicht entzündba-
rem Gas gefüllt waren, wurden sämtliche Sicherheit-
selemente entweder total oder zum Teil beschädigt.
Die Katastrophe baute sich so schnell auf, dass das
Überwachungsteam auf der Ölplattform das Unglück
kommen sah, die Alarmsirene einschaltete und sich
dann fluchtartig mit einem Rettungsboot davonmach-
te. Noch nie in solcher Menge auslaufendes Öl breitet
sich auf dem Meer aus. Der Druck aus dem Innern der
Erde ist so gross, dass das Erdöl mit einer enormen
Wucht auf dem Meeresgrund ausläuft und dass die
Fachleute vorläufig keine Möglichkeit haben, den
Erdölstrom zu bremsen. Innert zwei Wochen sind fast
sämtliche Strände von Rio de Janeiro bis Bahia mit
einer dicken Ölschicht bedeckt, obwohl man versucht,
den Ölteppich von den Küsten fernzuhalten. Nach
weiteren zwei Wochen sind 2300 Km Strand mit Öl
verschmutzt. Es wird Jahre dauern, bis die Strände

wieder einigermassen benutzbar sind. Zudem sind die
Berufsfischer für Jahre arbeitslos, da das Meer weit
hinaus verseucht ist, so dass die Fische einen weiten
Bogen um die Verschmutzung machen. Erst nach 40
Tagen gelingt es einer spezialisierten Firma aus
Grossbritannien, das austretende Öl zum Teil und
nach weiteren 30 Tagen ganz zu stoppen. Die Schäden
sind so riesig gross, dass niemand wagt, sie zu schät-
zen.

## 7. Vorschläge zur Verbesserung der Umwelt

Herr Adler als Präsident der internationalen Analytiker-Partei und Zuständiger für Umweltfragen hat vor
ein paar Wochen an die Vorstände der Analytiker-
Parteien jedes Landes eine Umfrage in Form von Fragebogen gesandt, in der anlässlich eines Landes-
Kongresses die Meinungen der Analytiker dargestellt
werden sollen, welche Umweltprobleme mit welchen
Mitteln gelöst werden könnten. Ausdrücklich sind
auch unkonventionelle Lösungen sehr willkommen.
Die Resultate dieser Umfrage müssen von allen Landesparteien bis Ende 2025 eingereicht werden, um
2026 am internationalen Kongress der Analytiker-
Partei in Sydney eine Zusammenfassung präsentieren
zu können.

Der Landeskongress der Analytiker-Partei von Schönland wird von Herrn Adler auf den 15.-17. Juni 2025
angesetzt. Vorher müssen die lokalen Organisationen
auf Stadt-/Dorfebene die Meinungen der einzelnen
Mitglieder eruieren und dies in den gut strukturierten
Fragebögen festhalten. Die Form der Meinungsfest-
stellung ist den lokalen Organisationen freigestellt.
Herr Adler als lokaler Präsident der Analytiker-Partei
von Altenwil verschickt an alle Analytiker den auch
die Familienmitglieder betreffenden Fragebogen, der
innerhalb von vier Wochen zurückgesandt werden
muss. 207 Fragebogen werden retourniert. Herr Adler
und die zwei anderen Vorstandsmitglieder analysieren
die Fragebogen und erstellen eine Zusammenfassung
der Meinungen zu Handen der Landespartei.

Sämtliche Länder melden ein sehr grosses Interesse an der Umfrage. Meistens sind es mehr als 90 % der Mitglieder, die in irgendeiner Form daran teilnehmen.

Die Analytiker wissen, dass es nicht mehr so weitergehen kann. 8 Milliarden Menschen, die Wasser und Lebensmittel benötigen, die Abwasser, Abfall und Gase (Atemluft, Verdunstung, Verbrennungen aller Art etc.) produzieren, die sich Kleider, Wohneinrichtungen, Autos, Motorräder, Boote und sonst alle möglichen Apparate und allen möglichen Luxus wünschen. Das kann nicht gut ausgehen!!

Sicher ist, dass es nicht einfach ist, die grossen Probleme auf dieser Erde zu lösen, da das Ganze ein sehr komplexes Gebilde ist und viele – auch unbekannte – Faktoren mitspielen. Es wäre eine riesige Menge Mut der einzelnen Politiker nötig, um eine solche Aufgabe zu bewältigen. Man zieht es vor abzuwarten oder eine Agonie-Lösung zu wählen, die Jahrzehnte dauern kann und doch das Problem nicht löst.

## 8. Diskussion der Vorschläge

Es sind viele Vorschläge – wie die Umwelt wieder in ein Gleichgewicht kommen könnte – von den Millionen Analytikern auf der ganzen Welt in gemeinschaftlicher Arbeit verfasst worden. Die Vorstände der einzelnen Landesparteien erstellen eine Zusammenfassung der interessantesten und ausgefallensten Vorschläge. Das internationale Direktorium sichtet die Ländervorschläge und konzentriert wiederum die vielfach gleichen Vorschläge zu einem Dokument von 60 Seiten, welches an alle Landesparteien verteilt wird. Im Dokument eingeschlossen sind auch die Kommentare des internationalen Direktoriums. Die Idee ist, am nächsten internationalen Kongress das Dokument zu diskutieren und eventuell sogar Beschlüsse zu fassen.

Jeder Lösungsvorschlag bringt Einschränkungen, auch solche Lösungen, welche das Problem überhaupt nicht lösen. Die meisten Lösungen versuchen das Problem durch die anderen lösen zu lassen. Allgemein wird heute fast nur von den Luftverschmutzungen gesprochen, obwohl auch die Wasser- und Bodenverschmutzungen enorm sind und alle drei miteinander kommunizieren und voneinander abhängig sind.

Viele Industieländer haben schon viel unternommen, um die Umweltverschmutzung zu reduzieren. Die meisten dafür eingesetzten Massnahmen sind jedoch nur Flicklösungen, da sie das Problem nicht an der Basis anpacken. Zum Beispiel ist umweltbewusster Individualverkehr, das heisst mit schadstofffreiem

Treibstoff (wie Wasserstoff oder elektrische Energie) betriebene Fahrzeuge, immer besser als öffentliche Verkehrsmittel, da diese höchst ineffizient arbeiten und zudem kostspielig sind. Die grössten Umweltverschmutzer sind heute die industriellen Schwellenländer, einige unbelehrbare Industrieländer und – was immer verschwiegen wird – die Landwirtschaft, die den enorm steigenden Bedarf an Lebensmitteln mit allen möglichen Tricks und chemischen Hilfsstoffen zu stillen versucht. Auch bei den sogenannten Entwicklungsländern darf die Umweltverschmutzung, speziell von Wasser und Boden, nicht bagatellisiert werden.

Das Direktorium ist der Meinung, dass es bereits zu spät ist für gutgemeinte Lösungen. Das Problem der globalen Klimaveränderung besteht – wie bereits erwähnt – schon lange. Jetzt, wo die Erde mit 8 Milliarden Menschen bevölkert ist, hilft auch kein „normaler" Lösungsvorschlag mehr, speziell Lösungsvorschläge von diesen bestbekannten grünen Opportunisten. Da können aber auch ehrliche Leute (inklusive ehrliche Politiker) die schönsten und besten Lösungsvorschläge bringen. Es ist bereits zu spät – ausser man wendet gut analysierte Radikalmassnahmen an.

Das Direktorium ist überrascht von den zahlreichen, detailliert präsentierten Vorschlägen, welche mehrheitlich die Überbevölkerung inklusive die enorm überhöhten Bestände der domestizierten Tiere ins Ziel nehmen. Es ist ein Zeichen dafür, dass die meisten

Analytiker die Anzahl Menschen als Hauptproblem identifizieren.

Aus dem asiatischen Bereich kommt der Vorschlag, der die Weltbevölkerung via Geburtenreduzierung vermindern möchte.

Zu Beginn dieses Projektes wird die gesamte weibliche Bevölkerung zwischen 25 und 50 Jahren, die gesamte männliche Bevölkerung ab 25 Jahren und 90 % der weiblichen und männlichen Bevölkerung zwischen 10 bis 24 Jahren unfruchtbar gemacht, so dass aus diesem Bevölkerungskreis keine Geburten mehr verzeichnet werden. Jedes Jahr werden dann 90 % der 10 Jährigen unfruchtbar gemacht, sodass immer nur maximum 10 % der Bevölkerung Kinder zeugen können. Die 10 % werden nach gewissen Kriterien ausgewählt (Gesundheit, erbliche Belastungen, Intelligenz und Analysevermögen etc.). Nach zwei gezeugten Kindern werden die Teilnehmer am Zeugungsakt ebenfalls unfruchtbar gemacht.

Flankierend werden in allen Ländern Massnahmen, die das Bevölkerungswachstum hemmen, getroffen, wie zum Beispiel keine Bezahlung von Kinderzulagen und Kindergeldern, Streichung von sonstigen Vergünstigungen für Kinder, keine künstlichen Befruchtungen, keine unnötigen Lebensverlängerungsmassnahmen, moralische und physische Unterstützung des Freitodes für den Fall, dass der betroffene Mensch das

Leben nicht mehr als lebenswert erachtet.

Dieses Projekt wird solange angewendet bis die Erdbevölkerung unter 200 Millionen Einwohner sinkt
(das heisst 97-98 % Reduzierung). Nachher werden
die limitierenden Faktoren langsam nach oben ange-
passt, jedoch nur solange, als die Erdbevölkerung die
200 Millionen Grenze nicht überschreitet.

Das Direktorium erachtet im Prinzip dieses Projekt als
gut. Eines der grossen Fragezeichen bei diesem Projekt ist jedoch die Auswahl der 10 % kinderzeugenden
Personen. Wer wählt die Personen aus und werden die
Kriterien eingehalten? Korruption und nicht richtig
angewandte Kriterien können ein ungewolltes Resultat
erbringen. Auch der wichtige Zeitfaktor lässt den Erfolg dieser Lösung zweifelhaft werden. Zudem ist sie
von Länderregierungen abhängig, was die Ausführung
enorm erschwert. Da sie bis zum Erfolg sehr lange
dauert, das heisst die Ausführung Jahrzehnte in Anspruch nimmt, respektive einige Massnahmen für immer gelten, ist die Gefahr gross, dass Länder sich nicht
oder nicht mehr an die Ziele dieser Lösung halten wollen. Eine Überwachung mit Interventionsmöglichkei-
ten der UNO, unter Berücksichtigung der aktuellen
Organisationsstruktur, ist eine fast unmögliche und
auch unwahrscheinliche Alternative.
Die Nachteile und die Unsicherheiten bei der Ausführung überwiegen aber ganz klar, so dass das Direktorium diese Lösung ablehnt, aber für Diskussionen weiter offen hält.

Aus dem nördlichen Europa wird eine ganz neue Idee eingereicht, welche die Alten und Überflüssigen zum Ziel hat. Neu ist diese Idee nur, weil sich niemand getraute, sie auszusprechen. In den Köpfen hat sie gleich oder ähnlich jedoch schon lange existiert.

Jeder Mensch arbeitet so lange ein Job vorhanden ist. Wird jemand pensioniert oder ist jemand aus irgendeinem Grunde auf staatliche Unterstützung angewiesen, so zahlt der Staat maximum ein Jahr lang Unterstützung. Diejenigen, welche gespart haben, leben davon dann noch so lange es reicht. Nachher werden alle auf möglichst humane Art und Weise entsorgt und – wenn möglich – wieder verwendet als Rohmaterial für diverse Zwecke, wie zum Beispiel Dünger, Tierfutter etc., was sicher besser ist als verbrennen oder vergraben.

Diese Lösung wird vom Direktorium sofort verworfen, da die Bevölkerungsreduktion viel zu langsam und nicht in genügendem Ausmasse stattfindet.
Die Vorteile dieser Lösung sind eher finanzieller Natur, da die Pensionen und Unterstützungsgelder zum grössten Teil nicht geleistet werden müssen und somit der Staat viel Geld für andere wichtige Projekte hätte.
Da auf der anderen Seite fast keine Lohnabzüge bei den Werktätigen anfallen würden, wäre das Sparpotential der Personen gross.
Für die Entwicklung der Zukunft der Erde ist diese Lösung schlecht, da die Reduzierung der Bevölkerung ohne Kriterien erfolgt, d.h. die Intelligenz und Analysierfähigkeit der Menschheit wird nicht verbessert.

49

Aus dem südlichen Amerika kommt ein Vorschlag, der keine Bevölkerungsreduzierung vorsieht, sondern nur die Treibhausgase reduzieren möchte.

> Der Vorschlag sieht eine Produktion von Alkohol als Ersatz für Benzin und von Bio-Diesel als Ersatz von normalem Diesel vor. Dadurch erhofft man sich eine Reduzierung der Treibhausgase.

Dieser Vorschlag ist wohl der dümmste Lösungsvorschlag, denn er reduziert weder die Treibhausgase noch die Basis der Probleme dieser Erde, das heisst die Überbevölkerung. Da gibt es eine Menge von Personen, welche auf Kosten der Gutgläubigkeit des Volkes, eine Menge Geld verdienen wollen.
Die enorme Reduzierung der Wälder auf der ganzen Welt, welche Platz für Anbauflächen von Lebensmitteln und Bio-Treibstoffen machen müssen, ist nicht zu verantworten.
Die sogenannten Bio-Treibstoffe von der Rodung der Wälder, der Bearbeitung des Bodens, der Düngung, der Versprühung von Pestiziden, der teilwesen Abbrennung der Felder vor der Ernte, der Ernte, der industriellen Produktion, der Verbrennung der Bio-Masse, der Entsorgung der riesigen Mengen Abwasser bei der Produktion etc. etc. erzeugen Unmengen von Treibhausgasen und anderen Umweltproblemen, so dass der positive Effekt der relativ sauberen Verbrennung der Bio-Treibstoffe im Motor wieder dahin fällt.
Da zudem das wichtigste Thema – die Überbevölkerung – nicht in diesem Vorschlag enthalten ist, wird dieser Vorschlag ohne Diskussion archiviert.

Der folgende Vorschlag aus Australien ist sehr origi-
nell, aber leider noch nicht möglich.

98 % der Bevölkerung packen ihre Siebensachen und
fliegen auf eine andere Erde in einem anderen Son-
nensystem, wo die Umweltbedingungen gleich oder
ähnlich sind wie auf unserer Erde.

Es gibt sicher Hunderte oder Tausende von Planeten
in anderen Sonnensystemen und anderen Galaxien, auf
denen sich leben lässt. Nur sind sie leider viel zu weit
entfernt. Unsere Technik ist noch sehr primitiv, hauptsächlich die Transportmittel sind im Schneckentempo
steckengelieben. Da benötigen die Menschen noch
Tausende oder Hunderttausende Jahre, um im Welt-
raum eine Rolle zu spielen.
Mit Hilfe von Ausserirdischen wäre natürlich alles
möglich, aber die superintelligenten Bewohner des
Universums haben kein Interesse mit uns Kontakt aufzunehmen, da wir geistig für sie mehr als unterentwi-
ckelt sind.
Natürlich wird auch dieser Fantasie-Vorschlag vom
Direktorium ohne Diskussion archiviert.

Ein weiterer europäischer Vorschlag, der radikal die
Umweltverschmutzung eliminiert, jedoch bei der
Überbevölkerung alles beim Alten lässt.

- Sämtliche möglichen Verschmutzungsquellen
  müssen innert 20 Jahren eliminiert werden, nicht

nur zu 50 %, sondern mindestens zu 99 %, das heisst:

- Abfall inkl. giftiger Abfall wird sortiert und wieder verwendet.
- Abwasser wird total gereinigt.
- In die Luft wird nur reine Luft abgeblasen.
- Keine offenen Feuer mehr, das heisst kein Abbrennen von Feldern und Wäldern.
- Dünger und Pestizide müssen in der Natur innert fünf Jahren total und schadstofffrei abgebaut werden.

Ausdrücklich will man keine Freiheiten einschränken und dies im Gegensatz zur Mentalität von geistig bedürftigen Politikern, die nicht fähig (oder willens) sind, Probleme zu analysieren. Man will keine autofreien Sonntage. Man will weltweite Forschungen in Richtung effiziente Solarzellen und schadstofffreien Treibstoffen. Ein Ziel ist, zum Beispiel Wasserstoff noch effizienter zu produzieren. Es soll ein richtiges weltweites Wettrennen der Forscher stattfinden. Wasserstoff kann dann für die Heizung und Kühlung von Gebäuden, für die Produktion von Dampf in der Industrie, für die Produktion von Zement, als Treibstoff für Motoren aller Art eingesetzt werden. Erdöl wird nur noch für die Produktion von Kunststoffen und anderen chemischen Produkten verwendet, jedoch nie mehr in Motoren oder sonst wie verbrannt.

Dies ist ein sehr interessanter Vorschlag, der die Abfälle, die Abgase und das Abwasser innert 20 Jahren zu 99 % eliminiert. Das Direktorium diskutiert stundenlang über diesen Vorschlag und was eventuell noch verbessert werden könnte. Die Unsicherheitsfaktoren sind die einzelnen Landesregierungen, die die Vorgaben nicht einhalten. Selbstverständlich ist das Fehlen von Massnahmen zur Bevölkerungsverminderung ein grosser Negativfaktor.
Zudem gibt es unkontrollierbare Verschmutzungsquellen aus der Natur selbst, zum Beispiel Vulkan-Eruptionen. Und dann bleiben auch noch die Atmungsluft, Ausdünstungen und Gasproduktionen der Milliarden von Menschen und der Milliarden übriger Tiere.
Deshalb wird auch dieser Vorschlag vom Direktorium nicht akzeptiert.

Das Direktorium ist sich einig, dass mit rein demokratischen Mitteln keine nachhaltige Lösung möglich ist. Im Interesse der Menschheit muss jemand, respektive eine Gruppe das Zepter übernehmen, um die nötigen Massnahmen einzuleiten.

Aus dem asiatischen Raum stammt ein sehr detailliert beschriebener, radikaler Bevölkerungsverminderungs-Vorschlag, der nicht via die Landespartei zugestellt, sondern – mit einem Decknamen versehen – direkt ans Direktorium versandt wurde.

Die Überbevölkerung ist das Problem Nummer eins dieser Erde. Der Vorschlag eliminiert die Bevölkerung zu ungefähr 98 %. Um das technische Know-how auf dieser Erde nicht zu verlieren, werden für diese Lösung nur die intelligenten, analysierenden Menschen hinübergerettet, so dass die Erdbevölkerung in jeder Hinsicht riesige Fortschritte machen wird.

Diese Radikallösung ist die beste, billigste und schnellste Lösung, welche zu einer Erholung der Natur führen wird – nicht kurzfristig, eher mittelfristig bis langfristig. Der positivste Punkt dieser Lösung ist die Schnelligkeit der Ausführung.

Bei dieser vorgeschlagenen Lösung wird – nach einem Radikaleingriff in die Überbevölkerung – dann die Lösung der Natur überlassen, welche sich langsam wieder erholt.

Diese Lösung darf nicht missverstanden werden. Es ist kein Aufruf zum Völkermord. Aber, es ist besser, ein paar Prozente der Bevölkerung haben eine gute Zukunft, als dass 100 % der Bevölkerung langsam vor sich hinsiechen und wahrscheinlich mit starken Schmerzen bis zum Tod leiden. Wenn die Erde für ihr Überleben nur für ein paar Prozent der heutigen Bevölkerung Platz hat, dann ist es sicher besser, wenn diese paar Prozent intelligente, analysierende Personen sind, damit die Erde nicht wieder ins primitive Zeitalter zurückfällt.

Intelligente, analysierende Menschen sind eher friedli-

che, umweltbewusste, verständnis- und verantwor-
tungsvolle Bürger als Personen, welche ihr Leben mit
möglichst vielen sinnlosen Vergnügungen, primitiven
Beschäftigungen und möglichst wenig Verantwortung
hinter sich bringen.

Diese Lösung hat das Ziel, der Erdkugel nach einem
Radikaleingriff die bestmöglichsten Voraussetzungen
für eine gute Zukunft zu bieten. Daher werden auch
die Menschen mit den besten Voraussetzungen (intelligente, analytisch denkende Menschen) für diese Zukunft ausgewählt. Es hat keinen Sinn, Personen, die
ihr Hirn fast nicht beanspruchen, in die neue Welt zu
retten. Daher ist diese Lösung den Analytikern vorbe-
halten. Sie sind genügend flexibel und intelligent, um
ohne die Geistkrüppel auszukommen. Einfache Arbeiten werden dann einfach Robotern übertragen.

Die Analytiker aller Länder sollen sich möglichst
schnell straff und diszipliniert organisieren. Das Ziel
ist die Vorbereitung der Radikallösung, welche ungefähr wie folgt aussieht:
Jemand entwickelt ein sehr aggressives Virus oder
eine Bakterie und zugleich auch eine entsprechende
Impfung dagegen – sofern nicht schon erfunden. Die
folgenden Anforderungen werden an das Virus/die
Bakterie gestellt:

- Es/sie soll nur die menschlichen Körper angreifen
  und zwar restlos alle, welche nicht geimpft sind.
- Es/sie soll – nach einem Tag Geheimarbeit im
  Körper – schnell (maximum innerhalb von drei
  Tagen) tödlich und schmerzlos wirken, indem sie

55

den menschlichen Körper austrocknet, so dass keine Fäulnis und demzufolge auch kein Gestank entstehen.

- Es/sie soll dann maximum nach drei Tagen absterben, so dass die Erde wieder völlig frei von diesem Virus/dieser Bakterie sein wird.

Das kurze Leben des Virus/der Bakterie bedingt, dass die ganze Übung geheim abläuft, ansonsten sich eine Unmenge von dummen Menschen irgendwo auf dieser Erde für ein paar Tage einlochen und so wahrscheinlich dem Virus/der Bakterie entkommen könnten.

Selbstverständlich haben nur Analytiker mit ihren Familien das Recht, die Impfung gegen den Virus/die Bakterie zu erhalten. Es ist klar, dass auch einige Geistkrüppel durch „die Maschen schlüpfen werden", das heisst geimpft werden, da viele Analytiker vielleicht

- einige Freunde „mitnehmen";
- bei dieser Gelegenheit den Lebenspartner austauschen und die für den „alten" Partner bestimmte Impfung dem „neuen" Partner verabreichen.

Die Übung läuft wie folgt ab:
Die Analytiker impfen sich gegen das Virus/die Bakterie. Wenn der Impfprozess abgeschlossen ist, wird das Virus/die Bakterie auf die Menschheit losgelassen. Innerhalb einer Woche trocknen alle nicht geimpften Menschen schmerzlos und umweltfreundlich total ein. Das Virus/die Bakterie ist dann auch automatisch eli-

miniert.

Mit dieser Massnahme reduziert sich die Bevölkerung auf ungefähr 200 Millionen. Man muss annehmen, dass unmöglich alle Analytiker für die Impfmassnahme erreicht werden können, so dass schlussendlich auch einige Analytiker dem Virus/der Bakterie zum Opfer fallen.

Man kann nur hoffen, dass es den Analytikern gelingt, die Übung erfolgreich zu starten und abzuschliessen, damit für viele Jahrhunderte und Jahrtausende Ruhe vor zu viel nicht denkenden Menschen besteht.

Die Analytiker müssen dann dafür sorgen, dass die Anstrengungen in Richtung Perfektion des menschlichen Gehirns erfolgreich in die Tat umgesetzt werden:
- absolute Freiheit für alle, was Konsum, Denken, Reden etc. anbetrifft
- keine Parasiten, keine Kriminelle
- möglichst keine dummen Bürger

Das Direktorium ist überrascht über die Details, die der Autor des Vorschlages bereits geliefert hat. Es scheint, dass er sich schon lange mit dem Thema befasst hat. Der Vorschlag ist die bis jetzt beste vorgeschlagene Lösung, weil sie schnell und schmerzlos das Bevölkerungsproblem und die damit zusammenhängenden Umweltprobleme löst. Viele Bedenken werden aufgeworfen und wieder verworfen. Ein Entscheid ist nicht leicht. Aber schlussendlich wird der Vorschlag provisorisch genehmigt. Vielleicht kommen noch andere sehr gute Vorschläge.

Aus Nordamerika ist ein radikaler Lösungsvorschlag eingetroffen, den das Direktorium die grüne Lösung nennt, da man fast alles verbieten will.

Alles, was unnötig Ressourcen aus der Natur beansprucht, wird verboten.
Das heisst:

- Motorfahrzeuge, Eisenbahnen etc. sind verboten.
  Die einzigen erlaubten Verkehrsmittel sind Velos und Fahrzeuge, die ausschliesslich mit menschlicher und tierischer Kraft betrieben werden. Somit müssen auch alle Güter mit menschlicher und tierischer Kraft befördert werden.
- Heizungen (ausser mit Holz) und gekühlte Räume sind verboten.
  Der Mensch schützt sich mit mehr Kleidern gegen die Kälte und mit weniger Kleidern gegen die Wärme.
- Haushaltgeräte mit Motor sind verboten.
- Heimelektronik, wie TV, Radio, Computer, ist verboten.
- Spitäler nur für leichtere Unfälle und Krankheiten – sonst nur Hausärzte.

Die grüne Lösung oder die Lösung des Totalverbotes ist radikal, aber selbst grüne Parteien wären nicht fähig, sie durchzusetzen, da ihre Organisationen politisch zu labil und die Mitglieder zu einem schönen Teil geistig nicht auf dem besten Stande sind.

Diese Lösung brächte – wenn überhaupt – nur eine sehr langsame Linderung der Probleme auf dieser Erde. Der Weg der Lösung wäre enorm frustrierend und langsam. Da die Lösung keine Reduzierung der Bevölkerung vorsieht, würden viele Menschen verhungern.

Von den Radikallösungen ist diese grüne Lösung die am schwierigsten umsetzbare, weil die Umsetzung zu lange dauert, das heisst, es sind zu viele Interessen auf zu lange Zeit tangiert, so dass die Gefahr einer Nichtanwendung sehr gross ist. Zudem wäre es schade, auf die Technik zu verzichten, da gleichzeitig viel Knowhow verloren gehen würde.

Das Direktorium verwirft diese Lösung einstimmig.

Das Direktorium der internationalen Analytiker-Partei hat die Absicht, die interessantesten Vorschläge bei jeder Gelegenheit über einen Zeitraum von ungefähr zwei Jahre immer wieder zu diskutieren, da die darin aufgeführten Ideen teilweise sehr starke Auswirkungen auf die Situation auf dieser Erde haben könnten.

## 9. Der internationale Kongress der Analytiker-Partei in Sydney im Jahre 2026

Zahlreich erscheinen die Analytiker zum Kongress in Sydney. Zwar sind es etwas weniger als in früheren Jahren, da Australien für viele doch sehr weit entfernt ist und die Reise sehr anstrengend ist. Das Haupttraktandum ist die Diskussion der Vorschläge zur Verbesserung der Umwelt. Vorgängig haben die Landesparteien die Mitglieder in Zusammenfassungen über die Vorschläge orientiert.

Herr Adler eröffnet den diesjährigen Kongress und fasst die Situation auf der Erde in einer 20-minütigen Rede zusammen. Die vielen angemeldeten Redner zwingen das Direktorium, die Zeit pro Redner auf maximum fünf Minuten zu beschränken. Das Interesse ist riesig. Das grosse Versammlungslokal ist immer fast voll besetzt. Journalisten haben freien Zugang. Bei der Mehrheit der Reden geht es hauptsächlich um Überbevölkerung. Man merkt, dass es diesen Menschen an der Basis der Analytiker-Partei einfach zu eng wird auf dieser Erde. Sie fühlen sich eingeklemmt zwischen Geistlosigkeit, Desinteresse, Leichtgläubigkeit, Oberflächlichkeit, fehlender Toleranz und Hilfsbereitschaft, Wettrennen um mehr Geld, Ignoranz etc.

In den Medien wird dem Analytiker-Kongress wenig Beachtung geschenkt. Einige Reden der Basis werden schlicht als Ideen von Verrückten und Unzufriedenen dargestellt.

Nach zwei Tagen versammelt sich das Direktorium nur mit den Landesvertretern, die die Meinungen der Basis bestätigen. Herr Adler erwähnt ausdrücklich den radikalsten Vorschlag zur Bevölkerungsverminderung und bittet, sich zu diesem und zu den anderen Vorschlägen intensiv zu äussern. Der radikalste Vorschlag wird einerseits mit Recht skeptisch beurteilt, andererseits erwähnen die meisten Landesvertreter auch die Vorteile, da andere Lösungen viel zu viel Zeit benötigen und demzufolge die Ausführung wegen Wahltaktik und Meinungsumschwung entweder ganz vergessen oder auf unbestimmte Zeit verschoben wird.

Nach weiteren zwei Tagen einigt man sich auf ständige und sporadische Diskussionen auf Gemeinde-, Landes- und internationaler Ebene. Bei den nächsten Kongressen sollen die Vorschläge immer ein Hauptthema bleiben.

Kurz vor dem Ende des Kongresses organisiert Herr Adler eine Geheimsitzung des Direktoriums, wo die verschiedenen Vorschläge im kleinen Gremium nochmals diskutiert werden. Alle 11 Mitglieder – ohne eventuell noch auftauchende gute Alternativen auszuschliessen – glauben, dass nur die Radikallösung aus Asien den erhofften Erfolg bringen wird.

## 10. Das Leben in Altenwil, Schönland und der übrigen Welt – Teil 3

Herr Schäfli gewinnt im Marathon eine Bronze-Medaille an den Europameisterschaften. Der Doping-Test ist negativ. Er nimmt monatlich drei Pillen an einem Freitagabend und ist bis Montag nicht erreichbar. Gibt es am Montag eine nicht angekündigte Dopingkontrolle, ist das Resultat bereits negativ. Er selber fühlt sich wie eine Energiebombe. Die 42,2 km läuft er ohne grosse Krisen und wie ein Wiesel. Die persönliche Betreuung von Herrn Schäfli während des Marathons, wie die Bereitstellung von Trinkwasser und Energiebomben, hat eine ganze Schar Leute – von Frau Schäfli organisiert – übernommen. Sie selber und der sogenannte Manager haben nur ganz am Anfang der Marathon-Strecke Herrn Schäfli angefeuert. Dann sind sie in ihr Hotel gefahren, um sich dort zu vergnügen. Vor lauter erotischen Aktionen hätten sie fast das Glanzresultat von Herrn Schäfli verpasst. Die Bronze-Medaille ist nur dank der drei monatlichen Pillen möglich geworden. Ganz generell war das asiatische Laboratorium an diesen Europameisterschaften sehr gut vertreten.

Dass zu viele Menschen auf dieser Erde wohnen, zeigt die zunehmende Gewaltbereitschaft. Sobald eine grosse Menge Menschen aus irgendeinem Grund zusammen kommt, nimmt die Spannung zu und wegen Banalitäten kommt es schnell zu Schlägereien, wie zum Beispiel bei Fussballspielen, bei Streiks, bei Demonstrationen. Auch die Bereitschaft für Sabotage vergrössert sich. Lebensmittelproduzenten und Supermarkt-Manager leben mit einer versteckten Angst, dass ein Saboteur zuschlägt, indem er Lebensmittel vergiftet, was der entsprechenden Unternehmung riesigen Schaden zufügen würde.

China ist sicher kein Vorreiter und Vorbild bei der Bewältigung von Umweltproblemen, aber die Situation im Land, bei über 1.5 Milliarden Bürger, wird immer kritischer bei der Versorgung mit sauberem Wasser, bei der Lebensmittelproduktion, bei der Verschmutzung und Vergiftung von Wasser, Luft und Böden, bei der Reinigung der Abwässer, bei der Sammlung von Abfall und dessen Recycling, beim Kampf gegen die schleichende Invasion durch Menschen von bestehenden Naturparks und bei der Einrichtung von neuen Naturparks etc. Nach der Devise: „besser spät als nie" unternimmt nun endlich auch China etwas in Richtung Umweltschonung. Aber die Massnahmen der Regierung zu Gunsten der schwer lädierten Natur lösen ungeahnt grosse Revolten aus. Hauptsächlich die jungen Chinesen haben das Geld, um all den Luxus zu kaufen, den die sogenannt moderne Welt offeriert. Jetzt kommt die Regierung und will alles verbieten. Zum Beispiel schränkt ein neues Gesetz den Gebrauch sämtlicher privater Motorfahrzeuge ein, das heisst Autos und Motorräder sind – je nach Fahrzeug-Nummer – nur an zwei bestimmten Tagen der Woche auf den Strassen der Städte und deren näheren Umgebung zugelassen. Man soll vermehrt die öffentlichen Verkehrsmittel, Velos oder Mitfahrgelegenheiten bei Freunden und Bekannten benützen.

Um den Wasserkonsum zu reduzieren, darf jeder Einwohner nur 20 Liter Wasser pro Tag verbrauchen. Der Mehrkonsum wird mit einer horrenden Busse, die 20 % des Familieneinkommens ausmacht, belegt. Was bringen nun die schönen Einrichtungen und Maschinen, wie Sprudelbad oder Wasch- und Abwaschmaschinen? Auch bei der Elektrizität gibt es Einschränkungen, die jedoch nicht so streng sind wie beim Wasser. Die Privatreisen mit dem Flugzeug ins Ausland schränkt die Regierung auf eine Reise pro Person alle 5 Jahre ein, jetzt wo die Chinesen so richtig reiselustig geworden sind. Die Revolten erstrecken sich über das ganze Land. Hauptsächlich in den Tausenden von chinesischen Städten arten die Demonstrationen, die total über 100 Millionen Menschen zählen, in bürgerkriegsähnlichen Kämpfen zwischen den Demonstranten und der Polizei und dem Militär aus. Über 2000 Tote, 80'000 Verwundete, 45'000 Verhaftete und riesige Sachschäden über das Wochenende listen die Medien auf. Trotzdem wollen die Demonstranten noch nicht aufgeben. Auch für das nächste Wochenende werden wieder alle von den Massnahmen Betroffenen via Internet aufgerufen, an den Demonstrationen mit möglichst vielen Verwandten und Bekannten teilzunehmen. Die Organisatoren rechnen für das Wochenende mit sogar über 200 Millionen Protestteilnehmern. Die Regierung droht vorerst mit noch härteren Repressionsmitteln. Aber am Donnerstag lässt die Regierung alle Verhafteten frei und mildert den Gebrauch der Motorfahrzeuge auf vier Tage pro Woche. Sie will zuerst die Bevölkerung mit Fernsehfilmen informieren und sensibilisieren. Zusätzlich studiert die Regierung andere Massnahmen, um die Umwelteinflüsse des Motorfahrzeugverkehrs abzudämpfen, unter anderem sollen mehr und mehr Fahrzeuge mit Wasserstoff herumfahren. Die Lösung der Probleme der Verstopfung der fast nicht mehr ausbaubaren 10- bis 20-spurigen Stadtautobahnen mit Hunderten Kilometern Staus ist mit der teilweisen Rücknahme der Beschränkung in weite Ferne gerückt. Vorerst sind die Demonstrationen abgesagt, aber niemand ist glücklich. Die Regierung nicht, weil sie sich nicht durchsetzen konnte, was höchst selten vorkommt und einen enormen Gesichtsverlust bedeutet. Die Organisatoren der Demonstrationen nicht, weil viele Beschränkungen und Einschränkungen nicht eliminiert wurden. Aber eigentlich wissen ja alle, dass irgendetwas für die drangsalierte Umwelt geschehen sollte. Nur jeder möchte die Verbote bei den anderen angewendet, was nicht nur für China, sondern auch für alle anderen Länder zutrifft.

Ähnliche Demonstrationen – nur kleiner und viel weniger aggressiv – finden auch in Indien, Brasilien und anderen aufstrebenden Ländern statt, wo ebenfalls riesige Mengen von hauptsächlich jungen, in die finanzielle Mittelklasse aufgestiegenen Leuten, nicht mehr kaufen können, was sie sich schon lange gewünscht haben, da auch in diesen Ländern die Regierungen den Konsum von Gütern aller Art, wie Autos, Motorrädern, gewissen Haushaltgeräten, Reisen etc. einschränken möchten.

Im Nahen Osten ist die politische Situation auf dem Siedepunkt. Seit Jahrzehnten gibt es kleinere und

grössere Konflikte – auch wegen des fehlenden
Trinkwassers. Meist steht Israel im Mittelpunkt dieser
Konflikte. Aber auch zwischen anderen Staaten in
dieser Region ist das Verhältnis mehr als angespannt.

Aus Brasilien erreicht uns eine unerfreuliche Meldung
aus dem Agrarsektor. Nachdem Brasilien heute und in
den letzten Jahren und Jahrzehnten immer mehr Wald
rodet und rodete, um Alkohol als Treibstoff zu produzieren und um einen immer grösseren Anteil an unbedingt benötigten Lebensmitteln für die wachsende
Weltbevölkerung zu liefern, dabei aber alle zur Verfügung stehenden wachstumsfördernden Substanzen für
die Tier- und Pflanzenproduktion anwendet, ohne auf
die Langzeitfolgen genügend Rücksicht zu nehmen,
respektive ohne die dafür dringend benötigte Forschung zu betreiben, ist nun die Produktion von einem
Jahr zum anderen stark eingebrochen. Ohne die nor-
malen klimatischen positiven und negativen Produkti-
onsfaktoren zu berücksichtigen, wird für die diesjährige Ernte eine Einbusse von ca. 20 % prognostiziert,
was katastrophale Folgen für die Lebensmittelversorgung der Erde haben wird. Die Preise für Soja, Mais,
Reis, Weizen und anderen Grundnahrungsmitteln beginnen bereits zu steigen, was den minderbemittelten
Teil der Weltbevölkerung finanziell doppelt stark betrifft. Der Hauptgrund für diese Ernteverluste ist ein
sogenannter Superdünger, der nur in Brasilien produziert und angewendet wird. Seit 5 Jahren wird er zusammen mit den Samen in die Erde verpflanzt und hat
in den letzten 4 Jahren die Ernteerträge verdoppelt.
Nach wissenschaftlichen Erkenntnissen hat dieser Su-

perdünger die Substanz des Humus verändert und man
fürchtet, dass die überstrapazierten Böden für mindestens 20 Jahre nur noch eine wüstenähnliche Vegetation hervorbringen. Da dieser vielversprechende Dünger reissenden Absatz genoss und auf immer mehr
Feldern zur Anwendung kam, rechnet man in den
nächsten 4 Jahren kumulativ mit noch viel grösseren
Ernteverlusten.

Andere Länder sind ebenfalls mit Schwierigkeiten auf
dem Lebensmittelsektor konfrontiert. Das viele Gift
gegen Schädlinge, Substanzen um den Ertrag zu erhöhen, Gen-Manipulationen für verschiedene Zwecke,
Hormone, Antibiotikas und vieles mehr zeigen Auswirkungen bei den Böden, bei den Tieren, bei den
involvierten Arbeitern und hauptsächlich auch bei den
Konsumenten. Die Ärzte führen immer mehr Krankheiten auf die manipulierten und zum Teil vergifteten
Lebensmittel-Rohstoffe zurück, die bei der Verarbei-
tung in den Fabriken noch mit allerhand Farbstoffen,
Vitaminen und Konservierungsmitteln angereichert
werden. Immer mehr verschmutztes Wasser wird in
immer aufwendigerer chemischer Aufbereitung zu
sogenanntem Trinkwasser generiert. Speziell Allergie-
und Pilz-Erkrankungen machen die Gesundheitsbe-
hörden nachdenklich. In den USA sind ungefähr 80
Millionen Menschen von Pilzen im Innern des Körpers mehr oder weniger befallen.

Israel versucht mit einer militärischen Überraschungs-
aktion atomare Anlagen in einem Nachbarstaat zu
zerstören, was aber misslingt, da die Armee den Zu-

gang zu den unterirdischen Anlagen nicht findet. Das Positive des militärischen Einsatzes aus israelischer Sicht ist, dass sie sehr viel über Gelände, Bodenbeschaffenheit, Wetter und Bevölkerung dieses Landes gelernt haben.

## 11. Die Organisation wird zu einer straffen, disziplinierten Einheit

Überall auf dieser Erde versuchen die Volksvertreter der Analytiker-Parteien ihre Ideen in die Politik einzubringen, speziell die Probleme der Überbevölkerung. Da diese Ideen zwangsläufig dem gemeinen Volk nicht sehr zusagen, bleibt der Einfluss der Analytiker-Partei auf die Politik der verschiedenen Länderregierungen sehr gering. Der Wähleranteil der Analytiker-Partei variiert von Land zu Land zwischen 2 und 5 %, was sehr klein ist. Die Hierarchie der Analytiker-Partei steht vor einem Dilemma. Entweder macht sie einfach so weiter, dann häufen sich die Probleme auf dieser Erde immer mehr oder sie reisst das Ruder auf irgendeine Art an sich und löst die grössten Probleme möglichst schnell.

Um kommende schwerwiegende Entscheidungen besser und schneller ausführen zu können, beschliesst das internationale Direktorium der Analytiker-Partei am kommenden Jahreskongress den Landesvertretern eine Straffung und bessere Organisation der Partei, unter anderem eine vollständige Datenerfassung aller Mitglieder, inklusive der Familien, vorzuschlagen.

Der diesjährige Kongress findet in Paris statt. Wie immer diskutieren die Analytiker über die Vorschläge zur Verbesserung der Umwelt. Wirklich Neues taucht nicht auf. Mehr und mehr sind sich die Analytiker – gemäss den geäusserten Meinungen – einig, dass die Reduzierung der Überbevölkerung das Ziel sein muss.

Wie und in welchem Ausmass wird meistens in verschleierter Form geäussert. Aber man merkt ganz deutlich, dass diesbezüglich etwas geschehen muss.

Herr Adler spricht über die vielen fehlenden Daten in der Mitglieder-Datenbank. Will die Analytiker-Partei irgendetwas Wichtiges unternehmen, brauchen das Direktorium und die Landesvertreter alle nur möglichen Daten der Mitglieder und Kandidaten, hauptsächlich den Arbeitsort, die Berufe, die Führungserfahrungen und die besonderen Kenntnisse und Eigenschaften aller Mitglieder und Kandidaten. Einstimmig genehmigen die Anwesenden den Vorschlag einer möglichst vollständigen Datenerfassung der Mitglieder und Kandidaten, inklusive aller Familienmitglieder.

Per Internet müssen nun in den nächsten Wochen alle ihre persönlichen Daten inklusive Fingerabdrücke vervollständigen, die im Zentralcomputer der Analytiker-Partei gespeichert werden.

Herr Adler legt den Landesvertretern nahe, möglichst viele analytisch denkende, technisch ausgebildete, intelligente Arbeiter und Handwerker, Ingenieure und Techniker, Ärzte, Wissenschaftler, Lehrer und andere interessante Bürger einzuladen, der Analytiker-Partei beizutreten, selbstverständlich unter Einhaltung der Aufnahmekriterien. Im Direktorium ist man sich einig, dass sehr viel Know-how verlorengeht, wenn es nicht gelingt, diese Personen in die Analytiker-Partei einzugliedern.

Es soll jedoch vermieden werden, Religionsbeauftragte und Religionsfanatiker, Strenggläubige und Ähnliche in die Analytiker-Partei aufzunehmen, da diese Gruppe von Personen die Kriterien für die Aufnahme in die Analytiker-Partei nicht erfüllen, die ersteren nicht, weil sie den Gläubigen Fantasien als Fakten verkaufen, den zweitgenannten nicht, weil sie die Fantasien nicht analysieren, sondern ungeprüft einfach akzeptieren. Auch bei Politikern soll ein sehr strenger Massstab angewendet werden, da die meisten gute Schauspieler, aber auch ausgezeichnete Lügner sind. Adelige, Mitglieder von Königshäusern, beherrschende Familien sollen schon gar nicht kontaktiert werden.

Personen, die man eigentlich nicht in die Analytiker-Partei aufnehmen will, die aber insistieren, aufgenommen zu werden und das Aufnahmeprozedere bestehen, werden durch den lokalen Parteipräsidenten zusammen mit zwei Vorstandsmitgliedern in der Datenbank markiert und bewertet. Das Gleiche geschieht mit Personen, die zum Beispiel Mitglied sind bei dubiosen Organisationen, die an nicht gerechtfertigten Streiks teilnehmen, die Befürworter sind von mehr Menschenrechten der Verbrecher, die sich ungerechtfertigt mit negativen Äusserungen gegen die Analytiker-Partei grosstun etc.

Herr Adler, die übrigen Mitglieder des Direktoriums und die Landesvertreter kommen überein, alle schon existierenden Daten, wie Statistiken, technische Daten, Vorkommen von Mineralien, Bergwerke, Kehrichtdeponien, Patente, Bücher, Filme, Zeitungen und

Zeitschriften etc. im eigenen Zentralcomputer – mit
einem raffinierten Backup-System – zu speichern.
Jeder Landesvertreter organisiert Teams aus Filmern
und Journalisten, um Volksfeste, Bräuche und alles,
was sehenswert und nicht sehenswert ist, zu dokumen-
tieren.

Der Zentralcomputer gibt Daten via Internet frei. Zu
speichernde Daten und Anfragen über gespeicherte
Daten gehen aber immer zuerst an einen Verbund von
Filter-Computern, die alles prüfen und dann dem
Zentralcomputer die Anweisungen geben, welche Daten angenommen und welche Daten an wen freigege-
ben werden können.

## 12. Das Leben in Altenwil, Schönland und der übrigen Welt – Teil 4

Im November wird plötzlich Herr Ziege vermisst. Sofort sind viele Gerüchte im Umlauf. Vielleicht ist er einfach weggelaufen, um an einem anderen Ort ein neues Leben zu beginnen. Aber ein Verdacht fällt auf Herrn Esel, da Herr Ziege kurz vor seinem Verschwinden im Internet ganz scharf die Privilegien von Altenwil zu Gunsten von Herrn Esel beschreibt und anprangert. Einige Bürger von Altenwil insistieren gesehen zu haben, dass Herr Ziege ins Auto von Herrn Esel einstieg. Die regionale Polizei veranstaltet schlussendlich sogar eine gründliche Hausdurchsuchung bei Herrn Esel, wobei sie aber auf nichts Verdächtiges stösst, ausser auf einige seltene Chemikalien und Glasflaschen, welche mit einer dunklen Flüssigkeit gefüllt sind, die aber ohne Zusammenhang zu sein scheinen, da ja auch keine Spuren von Herrn Ziege zu finden sind. Trotz internationaler Polizeizusammenarbeit sind der Grund für das Verschwinden und der Verbleib von Herrn Ziege auch nach 6 Monaten noch ungeklärt. Schlussendlich archiviert die Polizei den Fall.

Die Familie Wolf tritt aus der katholischen Kirche aus und schliesst sich der Bibel-Vereinigung „Salomon" an. Der Grund dieses plötzlichen Entscheides sind die sexuellen Verfehlungen des Pfarrers Vögeli, welche durch eine Drittperson der Polizei gemeldet wurden. Pfarrer Vögeli wird bis zum Prozess in ein Untersuchungsgefängnis eingeliefert, wo er allerlei Schmach durch die Mitgefangenen erleiden muss.

Herr Egli schliesst sich mit seiner Familie der Analytiker-Partei an. Er ist schon seit der Gründung Sympathisant der Partei. Es ist vorgesehen, dass er das Präsidium der lokalen Partei annimmt, damit Herr Adler etwas entlastet wird.

Im Morgengrauen des 16. Juni 2029 gibt der verrückte Regierungschef eines Landes im Nahen Osten den Befehl für den Abschuss einer grossen Rakete, welche mit einem kleinen Atomsprengkopf versehen ist. Minuten nachher explodiert die tödliche Fracht im nördlichen Israel. Die Antwort lässt nicht lange auf sich warten. Israel schickt nun sofort mehrere Raketen mit fünfmal stärkeren Atomsprengköpfen in Richtung des Aggressors los.
Die Uno und die grossen Atommächte, Russland, China und die USA intervenieren sofort gemeinschaftlich und verbieten jegliche weitere Kriegshandlungen.
Die israelischen Atombomben fallen auf die Hauptstadt und auf die drei grössten Städte des angreifenden Landes, die fast vollständig zerstört werden und mit ihnen der grösste Teil der Regierungs- und Armeeinfrastruktur. Die fünfte israelische Atombombe zerstört das Hauptatomzentrum, das noch Tage danach intensiv brennt.

Haifa ist zum grössten Teil zerstört und die Umgebung radioaktiv verseucht. Die vermögenden Israelis flüchten via Flugzeuge nach den USA. Die ganze israelische Armee funktioniert in wenigen Tagen auf Hochtouren. Trotz des Verbotes der Grossmächte schickt nun Israel Tag und Nacht konventionelle Bomben mit Raketen und Flugzeugen auf die vermeintlichen übrigen Atomanlagen im Aggressor-Land. Mit einer ganzen Infrastruktur an Helikoptern, Tankflugzeugen, Truppen- und Materialtransportflugzeugen verschiebt sich ein speziell trainierter Teil der israelischen Armee in Richtung des Aggressors, wo innert ein paar Wochen alles Übriggebliebene an Atom- und Armeeinfrastruktur zerstört wird. Die durch Atombomben zerstörten Gebiete werden grossflächig umgangen. Die Reaktion der Reste der feindlichen Armee ist sehr gering, da deren Soldaten wenig motiviert sind und kaum wissen, warum sie überhaupt kämpfen sollten.

Da Brasilien die Lebensmittelexporte fast ganz eingestellt hat, steigen die Preise stark an. Die Konsequenz ist, dass die UNO die Lebensmittellieferungen in Krisengebiete grösstenteils gestoppt hat, da ganz einfach die Lebensmittel und das benötigte Geld für die viel teureren Produkte fehlen. In vielen der ärmeren Länder sterben jetzt Hunderttausende an Hunger, Unterernährung, Trinkwassermangel und Krankheiten, die die geschwächten Körper angreifen. Aber auch in einigen anderen Ländern werden die Lebensmittel knapp, so dass eine Rationierung der pro Person kaufbaren Lebensmittel unausweichlich ist.
Eine Begleiterscheinung dieser Situation ist die vermehrte Tendenz zur Völkerwanderung, die wie eine Heuschreckenplage über Nachbarländer hereinfällt

und dort dann ebenfalls Lebensmittelknappheit hervorruft. In Simbabwe war die Lebensmittelversorgung – dank einer unfähigen Regierung – schon vor dem Ende der Lebensmittelexporte Brasiliens kritisch. Jetzt wo die Lebensmittellieferungen der UNO ausbleiben, flüchten viele aus Simbabwe nach Mosambik. Bald fehlen auch hier Lebensmittel, so dass Personen aus Simbabwe und Mosambik nach Tansania, dann Kenia und Uganda wandern und nebenbei Hunderttausende von Wildtieren verspeisen. So hungert heute die ganze Region, respektive die arme Bevölkerung der Region.

Herr Ente besitzt finanziell grosse Polster. Er diversifiziert in das auch sehr lukrative Geschäft des Menschenhandels und spezialisiert sich auf die Krisenländer, wo Menschen leicht zu finden sind, welche ihre letzte Habe und ihre Freiheit aufs Spiel setzen. Sie glauben den Schönfärbereien der Ente-Agenten, die nur an Personen unter 40 Jahren interessiert sind. Alle werden registriert und klassifiziert. Die schönen Frauen exportiert Herr Ente als Prostituierte in Bordelle auf der ganzen Welt. Zum Teil kaufen auch Privatpersonen seine schöne Ware, die sie dann irgendwo verstecken und verwenden. Das gleiche Schicksal trifft auch die meisten Kinder. Die Nachfrage ist enorm gross. Die Männer hingegen landen als moderne Sklaven für die einfachen und schlechtbezahlten Arbeiten. Die Prostituierten, Kinder und Sklaven müssen fast das ganze verdiente Geld an die Ente-Agenten abliefern. Die Verwandten in den Ursprungsländern erhalten nur einen kleinen Teil des Verdienstes.

Schlimmer als diesen ergeht es nur denen, die als Organspender verkauft werden. Alle verwendbaren Organe und anderen Teile des Körpers werden herausoperiert, eingefroren und bei Bedarf exportiert. Was übrigbleibt wird getrocknet und verkauft sich sehr gut als Fleischmehl für die Tierproduktion.

Trinkwasseraufbereitung wird in Indien zu einem immer grösseren Problem, da fast alle Flüsse und sogar viele Grundwasservorkommen so stark verschmutzt und verseucht sind, dass die Aufbereitung sehr kostspielig wird. Nur während der Hochwasserperioden kann Flusswasser einigermassen effizient zu Trinkwasser verarbeitet werden. Vom Südpol holt sich Indien grosse Eisberge, welche vor der Küste zu Trinkwasser abgebaut werden.

Am Nordpol gibt es im Sommer schon so wenig Eis, so dass fast überall mit Schiffen durchgefahren werden kann. Ein Problem sind nur die vielen herumirrenden Eisberge vom Nord- und auch vom Südpol, welche immer mehr die Schifffahrt behindern, obwohl mit den heutigen technischen Mitteln die Lage und Richtung der Eisberge leicht feststellbar sind. Gefährlich sind die zahlreichen kleinen und mittleren Eisberge. Die grossen Eisberge werden mit speziell gebauten Schiffen abgeschleppt, um daraus Trinkwasser zu gewinnen.

Wegen der Abschmelzung von Nord- und Südpol-Eis hat Bangladesch schon 15 % seiner fruchtbarsten Böden in den Fluss-Deltas verloren. Viele Inseln auf der

Erde leiden bei Flut unter dem Ansturm von Meerwasser.

Im südlichen Europa herrscht wieder Krise. Griechen-
land, Italien, Spanien und Portugal sind einmal mehr
überschuldet. Sie bilden die Euro-Zone Süd, die vor
12 Jahren von der Euro-Zone Nord komplett abgekop-
pelt wurde. Diesmal gibt es keine Hilfsprogramme
von internationalen Institutionen und von anderen
Ländern. Jedes Land hat schon genug mit sich selbst
zu kämpfen. Eines nach dem anderen der vier Länder
muss den Bankrott erklären.
Dies ist das Resultat jahrzehntelanger, ja jahrhunderte-
langer Misswirtschaft der meistens linken Regierungen, welche nicht wagten, über ihren Schatten zu
springen. Die zwischendurch regierenden Zentrums-
und Rechtsparteien wurden rasch wieder abgewählt,
bevor sie die unpopulären, aber nötigen Massnahmen
zur Sanierung des Finanzhaushaltes bis ans Ende
durchziehen konnten. So häuften sich die Probleme:
Korruption, Bürokratie, Vetternwirtschaft, Ineffizienz,
Unfähigkeit, viele und hohe Steuern und gleichzeitig
enorme Steuerhinterziehung, Arbeitszeitverkürzungen,
Abwanderungen von Industrie- und Dienstleistungsbe-
trieben, riesige Arbeitslosigkeit etc. etc.
Mit Demokratie und demokratischen Mitteln kann
man diesen Ländern nicht mehr helfen. Die werden
alle demokratisch und in kurzer Zeit auf das Niveau
von Entwicklungsländern des dritten Viertels des 20.
Jahrhunderts oder noch tiefer hinunter sinken.

## 13. Der Beschluss in New York

Beim 2032 stattgefundenen internationalen Kongress
der Analytiker-Parteien wurde das Datum und der Ort
für den nächsten Kongress bestimmt – 01.-03. Sep-
tember 2033 in New York.
Gegen 6'000 Mitglieder reisen 2033 nach New York.
Auch Herr Adler, als Präsident der internationalen
Analytiker-Partei, ist zusammen mit seiner Frau prä-
sent. Die Temperatur ist angenehm – nicht zu warm
und nicht zu kalt, so dass die meisten in sommerlicher
Kleidung an den Anlässen des Kongresses in klimati-
sierten Sälen teilnehmen und auch auf der Strasse fla-
nieren. 2033 sind mehr Mitglieder anwesend, da man
spürt, dass „etwas in der Luft liegt" und dass wichtige
Entscheidungen getroffen werden müssen. Einige Anlässe des Kongresses sind für alle Mitglieder frei zu-
gänglich, andere nur für die jeweiligen Landesvertreter und wieder andere nur für das Direktorium der
internationalen Analytiker-Partei.

Die Hauptthemen des Analytiker-Kongresses sind die
Diskussion der Vorschläge zur Verbesserung der
Umwelt, Organisationsfragen innerhalb der Analytiker-Parteien und zwischen den Landes-Parteien und
der internationalen Organisation. Zudem drängt sich
eine weitgehende Diskussion was die Umweltprobleme anbetrifft und der damit zusammenhängenden Fragen auf. Bereits waren kriegerische Konflikte ausge-
brochen, teils wegen Wasserrechten, teils wegen
Ackerböden für die Basisernährung der Bevölkerung,
teils wegen alten Konflikten und teils wegen eklatan-

ten Verletzungen internationaler Umweltschutzbestimmungen. Die Mitglieder schlagen zu Handen der Versammlung der Landesvertreter vor, dass weltweit mehr konkrete Massnahmen zur Sicherung der Trinkwasserversorgung in die Wege geleitet werden und dass nun endlich einer der Vorschläge zur Verbesserung der Umwelt umgesetzt wird. Das Wie, Was, Wann, Wo überlässt man den Landesvertretern und dem Direktorium.

Die Versammlung der Landesvertreter bestätigt die bisherigen Mitglieder des Direktoriums. Sie sind der Ansicht, dass die viel zu grosse Anzahl menschlicher und tierischer Bewohner dieser Erde das Hauptproblem der explodierenden Probleme auf der Umweltebene und auch auf anderen Gebieten ist und dass rasch eine Lösung gesucht werden muss. Dies geben sie in einem Protokoll an das Direktorium weiter.

Das Direktorium der internationalen Analytiker-Partei tagt jetzt hinter verschlossenen Türen. Die 11 Direktoriumsmitglieder nehmen als erstes die internen Wahlen vor. Als Präsident wird Herr Adler aus Schönland wiedergewählt.

Der Aktuar liest die Vorschläge der Mitglieder und der Landesvertreter vor. Herr Adler schlägt vor, dass das Direktorium heute ganz allgemein über die Vorschläge diskutiert, dass aber Morgen eine Geheimsitzung stattfinden, der Ort aber nicht vorher bekanntgegeben wird, um ganz sicher zu gehen, dass nichts abgehört wird. Alle sollen im Hotelzimmer auf einen

Telefonanruf von ihm warten. Die Direktoriumsmitglieder sind damit einverstanden.
Man beschliesst, dass Herr Adler ab heute jede Woche eine Videokonferenz des Direktoriums organisiert.
Die wichtigsten Parameter der Umwelt verschlechtern sich beständig. Die Wasserkonflikte nehmen praktisch wöchentlich zu. Von den Regierungen fast sämtlicher Länder ist keine Änderung der Politik ersichtlich. Jeder möchte, dass die anderen Länder Massnahmen gegen Überbevölkerung, Abbrennungen von Wald, Luftverschmutzung im allgemeinen, Massnahmen zur Einschränkung des Wasserkonsums, zur grösseren Nahrungsmittelproduktion etc. unternehmen. Die Regierungen fast sämtlicher Länder haben keinen Mut, unpopuläre Massnahmen zu ergreifen.

Auf Grund der enormen negativen Entwicklungen auf der Erdkugel ist sich das Direktorium klar, dass etwas Einschneidendes in jeder Beziehung erfolgen muss.
Die jetzt folgende Diskussion dreht sich fast nur um den radikalsten Vorschlag aus dem asiatischen Raum.
Die Lösung ist schnell und schmerzlos. Der wichtigste Pluspunkt ist eindeutig, dass bei diesem Vorschlag die Länderregierungen keinen Einfluss auf das Geschehen ausüben, weder positiv noch negativ. Der zweitwichtigste Pluspunkt ist die Selektion der Überlebenden.
Die Bevölkerungsreduzierung hat nur einen positiven Einfluss auf der Erde, wenn die Analytiker die weitere Zukunft bestimmen. Bedenken kommen nur auf, wenn jemand die Zahlen 200 Millionen und 7,8 Milliarden Menschen nennt. Aber das Ziel ist klar und nur um dieses Ziel geht es bei jeder der Alternativen, das

heisst die Bevölkerungsreduzierung um 7,8 Milliarden von heute 8 Milliarden auf 200 Millionen. Schlussendlich will niemand mehr diskutieren. Sie sind bereit, am nächsten Tag den Entscheid festzuhalten und dann die enorm grosse Anzahl von Vorbereitungen zu treffen.

Um 9 Uhr des Geheimsitzungstages nimmt Herr Adler Kontakt mit den anderen 10 Direktoriumsmitgliedern auf. Er bittet sie, Punkt 10 Uhr in die Eingangshalle des Kongresshotels und zwar ohne irgendwelche Aktenkoffern, elektronischen Geräte und speziell ohne Handys zu kommen. Um 10 Uhr sind alle 11 Direktoriumsmitglieder in der Eingangshalle des Hotels. Die Hoteldirektion hat heute Morgen auf Anweisungen von Herrn Adler ausser den registrierten Gästen niemand in die Hotelhalle eingelassen, so dass das Direktorium vor Journalisten einigermassen unbehelligt ist. Ein schöner Bus fährt als Tarnung direkt vor den Haupteingang des Hotels. Er ist mit einem Schild „Analytiker-Kongress" gekennzeichnet. Ein etwas altertümlicher Bus, der noch mit keinem Ortungsgerät versehen ist, fährt zu einem Hintereingang. Beim Einsteigen in den Bus beim Hintereingang werden alle 11 Direktoriumsmitglieder von einer vor fünf Minuten angeforderten privaten Firma elektronisch und manuell auf elektronische Geräte abgesucht. Mit dem altertümlichen Bus geht es nun zu einem geheimen Ort. Eine Schar von Journalisten und einige dubiose Figuren, wahrscheinlich von einem Geheimdienst, versuchen dem Bus zu folgen. Der Tarnbus beim Haupteingang hat nicht den erhofften Erfolg gehabt. Herr Adler gibt dem Fahrer die entsprechenden Anweisungen,

wohin er fahren muss. Als erstes müssen die Journalisten und die dubiosen Figuren abgeschüttelt werden.
Der Buschauffeur dirigiert den Bus in die für diesen
Fall vorgesehene Einbahnstrasse, welche ca. 400 m
lang keine Kreuzung hat. Dort warten bereits zwei
Lastwagen, einer am Anfang und der andere 50 m vor
der Kreuzung, welcher – nachdem der Bus vorbeige-
fahren ist – die Strasse versperrt. In diesem Moment
blockiert auch der Lastwagen am Anfang der Einbahnstrasse die Fahrbahn, so dass weder nach vorne
noch nach hinten ausgewichen werden kann. Damit
sind die Störenfriede aufgehalten. Man fährt nun ungefähr eine halbe Stunde. Dann steuert der Busfahrer
in das umzäunte Areal der Busfirma. Jetzt müssen alle
sofort in einen anderen Bus umsteigen, der sofort wieder auf die Strasse zurückkehrt. Nach ungefähr 20
Minuten fährt er über relativ wenig besiedeltes Land.
Nach weiteren 15 Minuten steht an einer Kreuzung ein
anderer Bus einer anderen Firma bereit. Sofort wird
wieder umgestiegen. Niemand spricht und niemand
reklamiert. Jeder weiss, dass an der kommenden Geheimsitzung über das Schicksal dieser Erde entschieden wird. Der vorherige Bus fährt sofort wieder zurück. Weiter geht es mit dem neuen Bus, vielleicht 20
Minuten bis zu einem See. Gespannt prüft Herr Adler
immer mögliche „Verfolger". Zufrieden stellt er fest,
dass bis jetzt alles ohne Überwachung, weder am Boden noch aus der Luft abgelaufen ist.
Am See wird auf ein kleines, von einem Parteifreund
zur Verfügung gestelltes Boot, das für ungefähr 15
Personen gebaut ist, umgestiegen und Herr Adler fährt

nur 200 m auf den See hinaus, wo er den Motor abstellt. Es ist nun ungefähr 12 Uhr.

Alle warten gespannt auf die Eröffnung der Geheimsitzung. Alle sitzen relativ eng beisammen, so dass nicht laut gesprochen werden muss. Der Präsident eröffnet die Sitzung mitten auf dem See. Weit und breit ist niemand zu sehen. Sein Vorschlag, nichts aufzuschreiben, wird einstimmig gutgeheissen. Diese Sitzung wird zweifelsohne in die Geschichte eingehen. Das Direktorium wird jetzt in Kürze den Entscheid über das Schicksal dieser Erde und deren 8 Milliarden Einwohner festhalten. Der Entscheid für die Radikallösung, welche an der früheren Geheimsitzung in Sydney im Jahre 2026 vorgestellt und diskutiert wurde, ist klar geäussert worden.

Die Diskussion ist wieder eröffnet. Aber niemand will mehr diskutieren. Man merkt, dass die Spannung am Explosionspunkt angekommen ist. Es wird nur noch geflüstert. Jedermann sieht die möglichst schnelle Vollstreckung als die einzige überhaupt mögliche Variante. Nach ein paar Minuten Geflüster schlägt Herr Adler vor, dass abgestimmt und das Resultat der Abstimmung auf einem Dokument, das nur die folgenden Wörter: „Wir wollen das Paradies zurück – 04.09.2033" und die Namen der 11 Direktoriumsmitglieder enthält, via eines blutigen Zeigfingerabdruckes jedes der zustimmenden Direktoriumsmitglieder festgehalten wird. Das Resultat ist einstimmig. Mit einer feinen Nadel sticht der Präsident schnell in den Zeigefinger und drückt ihn auf das Dokument. Die Anderen wiederholen die gleiche Geste und Herr Adler bewahrt das Dokument, das später in einem Museum der UNO vom Publikum eingesehen werden kann, in seiner vollständig leeren Aktentasche auf. Von jetzt an werden alle Dokumente, die die Vorbereitungen für das Paradies betreffen mit dem Wort „Paradies" und der Tag des Beginns des Paradieses mit „Tag x Paradies" gekennzeichnet. Etwas erleichtert und doch leise bedrückt, kehrt das Direktorium ins Kongresshotel zurück.

Von Zeit zu Zeit informiert Herr Adler via Internet alle Mitglieder und Kandidaten der Analytiker-Parteien über das Weltgeschehen und die Probleme, mit denen fast alle Regierungen auf dieser Erde kämpfen. Dass es bereits (fast) zu spät ist, merken fast alle Menschen nicht einmal. So wie es schwerkranke Patienten gibt, die nicht wissen, wie schlimm es mit der Gesundheit steht. Das Gleiche passiert mit dem Patienten Erde. Die meisten einfachen Menschen und die Politiker nehmen den schwer lädierten Gesundheitszustand des Planeten Erde gar nicht wahr.
Trotzdem trifft fast keine Regierung die entsprechend benötigten Massnahmen, sondern versucht, die Problemlösungen mit Eigeninteressen zu verbinden und – aus wahltaktischen Gründen – hie und da nach allgemeiner Volksmeinung zu handeln. Die Probleme werden schon seit Jahrzehnten immer vor sich her geschoben. Für die Analytiker-Partei ist die Zeit zum Handeln gekommen. Jeder soll die Analytiker-Partei-Webseiten mindestens einmal pro Tag konsultieren und auch alle sonstigen verfügbaren Informationen

analysieren. Jeder verfolge aufmerksam, was auf dieser Erde passiert. Jeder soll sich im Bedarfsfall für spezielle Aufgaben spontan zur Verfügung stellen.

## 14. Die Planung der Zukunft im „Paradies"

Zurzeit gibt es in 137 Ländern Analytiker-Parteien mit 85 Millionen Mitgliedern und 114 Millionen Kandidaten, wobei in diesen Zahlen sämtliche Familienmitglieder inbegriffen sind. Die Direktoriumsmitglieder ausser dem Präsidenten teilen die Länder ungefähr gleichwertig, was Mitgliederzahlen anbetrifft, untereinander auf, um die Betreuung zu intensivieren. Jeder Landesvertreter und der ganze Vorstand der Analytiker-Partei eines Landes müssen einen Ethik-Code unterschreiben, der sie verpflichtet, bei allen zukünftigen Aktionen und Entscheidungen, keine persönlichen Meinungen einfliessen zu lassen, wie zum Beispiel Diskriminierung von Volksgruppen oder Andersfarbigen. Bei Verfehlungen müssen alle Involvierten mit einem Prozess vor dem UNO-Gericht rechnen.

Das zugeteilte Direktoriumsmitglied der internationalen Analytiker-Partei überprüft alle Landesvertreter, normalerweise den Präsidenten der Landespartei, sporadisch auf Herz und Nieren, was Gesinnung, Charakter und Loyalität anbelangt.
Das Direktorium tagt jetzt wöchentlich in einer Videokonferenz und jedes Quartal für fünf Tage abwechselnd am Wohnort eines Direktoriumsmitgliedes. Die Direktoriumsmitglieder verlangen von den Landesvertretern die benötigten Informationen und geben an die Landesvertreter die für sie wichtigen Informationen weiter.

Als erste Massnahme der Planung der Zukunft im „Paradies" katalogisiert man die wichtigen privaten und staatlichen Infrastrukturbetriebe je Land, wie Polizei, Schulen, Post, Trinkwasser, Abwasser/Kehricht, Elektrizität, Gas, Telefon, Radio/Fernsehen, Internet, Luftverkehr etc. Für jeden wichtigen Infrastrukturbetrieb stellen die Direktoriumsmitglieder mit den ihnen zugeteilten Landesvertretern und den gespeicherten Personendaten Gruppen von kompetenten Personen zusammen; zuerst natürlich die Analytiker, die bereits in diesen Betrieben arbeiten und dann – je nach Bedarf – zusätzliche Fachkräfte, so dass die ganze Infrastruktur ganz normal weiterfunktionieren wird, meistens jedoch mit ungefähr 40-fach verminderter Menge.

Öffentliche und private Verkehrsbetriebe am Boden und im Wasser zählen nicht mehr zu den wichtigen Infrastrukturbetrieben, da man gemäss Mitglieder- und Kandidaten-Registrierung weiss, dass neben Velos 99,9 % der Mitglieder und Kandidaten mindestens ein Auto und/oder ein Motorrad besitzen. Bodenverkehrsbetriebe werden nur dort weitergeführt, wo sie eine touristische Attraktion bilden, wie zum Beispiel Bergbahnen oder mit Dampf betriebene Bahnen oder wo die Bahnen die Fracht besonders effizient befördern oder wo ebenfalls die Bahnen besonders schnell Personen transportieren, wie die verschiedenen Systeme von superschnellen Bahnen. Auch Schifffahrtslinien, die dem Tourismus dienen, werden beibehalten. Alle anderen Verkehrsbetriebe am Boden und im Wasser werden geschlossen und das entsprechende Material zur Wiederverwertung aufbereitet.

Die zukünftige Regierungsform ergibt lange Diskussionen, da die meisten sich an die jetzige Form von Demokratie gewohnt haben, obwohl alle deren Nachteile nur zu gut kennen. Wo eine lethargische und zu einem grossen Teil oberflächlich denkende Bevölkerung entweder überhaupt nicht am Demokratiesystem teilnimmt oder sich dann von sogenannten Volksvertretern alle vier Jahre wieder täuschen lässt oder sogar seine Stimme verkauft oder – mit viel Glück – einen der wenigen ehrlich handelnden Demokraten wählt und wo die meisten Volksvertreter nicht die Interessen des Volkes, sondern ihre persönlichen oder affiliierten Interessen durchsetzen.

Herr Adler schlägt nun aber ein System vor, das der Führung einer Unternehmung gleicht, das heisst, dass alle vier Jahre das Volk 40 Berater wählt, welche ihrerseits den Manager des Landes wählen. Das gleiche System gilt auch auf Regions- und Gemeindeebene. Der Manager berät sich mit den Beratern, entscheidet aber alles selbständig. Er ist die Legislaturbehörde und zugleich der Chef der Exekutive. Mit einer Dreiviertelsmehrheit, das heisst 30 Beratern, kann der Manager abgesetzt werden. In jedem Land gibt es nur zwei Volksparteien, die frei sein müssen von jeder Ideologie und Religion.

Alle sind begeistert von diesen neuen Ideen und setzen sie als verbindliche Regierungsform fest. Die Landesvertreter übernehmen ab dem „Tag x Paradies" als Manager die Regierungsgeschäfte und organisieren innert zwei Jahren Landes-, Regions- und Gemeinde-Wahlen, wobei sie selber kandidieren können.

Die zukünftigen Regions- und Gemeinde-Manager werden bereits bestimmt und im Zentralcomputer gespeichert. Sie werden erst am „Tag x Paradies" von ihrer Nominierung erfahren.

Die neue UNO, als oberste Regierungsebene des Planeten Erde, ist für die internationale Ordnung verantwortlich. Sie besitzt als einzige eine kleine, jedoch modernst ausgerüstete Armee, die dem UNO-Manager und den Managern der Länder unterstellt ist. Diese Armee wird nur für Schlichtungseinsätze zwischen Ländern, für die Lösung grober Verletzungen von internationalem Recht (Grenzstreitigkeiten, Menschenrechte, freier Handel, Bevölkerungsentwicklung etc.) und bei grossen Problemen in einzelnen Ländern eingesetzt. Die UNO koordiniert auch die Massnahmen und Aktionen, um alle Länder in jeder Beziehung ungefähr auf den gleichen Stand zu harmonisieren.

Als Manager der UNO wird Herr Adler für vorerst vier Jahre bestimmt. Ab dann wählen die Manager der Länder den Manager der UNO. Kein Land hat irgendwelche Privilegien in der UNO. Die Manager der Länder sind die Berater des UNO-Managers, wobei bei der UNO bereits 50 % der Länder-Manager den UNO-Manager absetzen können.

Die Berater wählen die Mitglieder der Justiz der entsprechenden Ebene (UNO, Staat, Region, Gemeinde).

Die UNO stellt eine Verfassung auf, die für alle Länder verbindlich ist. Das Direktorium erstellt einen Katalog von verbindlichen Elementen, welche in die Verfassung einfliessen müssen, unter anderen:

- Die Freiheit in jeder Beziehung ist das oberste Gebot. Der Staat erlässt nur die unbedingt nötigen Gesetze und Vorschriften. Alle anderen Aktionen werden nach logischen und vernünftigen Aspekten beurteilt.

- Der Staat ist verpflichtet, sämtliche zu lösenden Probleme irgendwelcher Art an der Basis anzupacken und zu lösen. Da jetzt fast nur noch Leute mit Analytiker-Eigenschaften auf dieser Erde leben, fällt es den Regierungen leicht, diese Verpflichtung in die Tat umzusetzen.

- Das Ziel ist, dass jedes Land ungefähr die gleiche technische Entwicklung aufweist. Via UNO werden zeitlich begrenzt erhebliche finanzielle Vorteile für Unternehmungen eingeräumt, welche in noch wirtschaftlich schwachen Gegenden investieren.
  Einfache Routinearbeiten werden rigoros automatisiert. Jeder Arbeiter ist eine technisch sehr gut ausgebildete Fachkraft, die jederzeit wieder andere interessante Aufgaben übernehmen kann.

- In jedem Land gibt es die gleichen Steuern, die gleiche Höhe und Berechnung derselben und die gleiche Verteilung auf die drei Ebenen in einem Lande, was von der UNO überwacht wird. Eine Mehrwertsteuer und eine Einkommenssteuer sind die einzigen Einkünfte eines Staates. Alle anderen Dienstleistungen eines Staates sind für die Bürger und Unternehmungen gratis.

- Kein Land darf eine Armee in irgendwelcher Form unterhalten. Unter das Verbot fallen auch paramilitärische Organisationen und Wächter irgendwelcher Art, da ja auch diese Serviceleistungen nicht mehr gefragt sind.
  Da die UNO die einzige Organisation mit einer Armee ist, können bei grenzüberschreitenden Konflikten involvierte Länder ein Gesuch um Intervention an die UNO stellen.

- Der gesamte Grund und Boden gehört dem Staat. Wenn ein Bürger Land für ein Projekt benötigt (Landwirtschaft/Gewerbe/Industrie/Dienstleistung), stellt der Staat ohne Bedingungen die benötigte Fläche, so lange genutzt, gratis zur Verfügung. Die darauf erstellten Gebäude sind Eigentum des Erstellers, der die Gebäude ganz oder teilweise verkaufen oder vermieten kann. Wird das Land nicht mehr benötigt, fällt es mit eventuell darauf erstellten Gebäuden und Infrastruktur gratis an den Staat zurück.
  Mit dieser Organisation des Bodens wird eine optimale Nutzung gewährleistet; niemand kann

Boden horten und niemand kann mit Boden spe-
kulieren.

- Sämtliche internationale Waren- und Dienstleis-
tungs-Ein- und Ausfuhr ist komplett frei von
Einschränkungen, Zöllen, Formularen etc.
Die Waren werden von einem Land zu einem
anderen Lande transportiert, ohne dass irgendwelche Landesgrenzen spürbar sind.

- Jedes Land kann seine Währung beibehalten.
Daneben gibt es eine internationale Währung –
den UNO-Franken – für sämtliche internationalen Transaktionen, wie Waren- und Dienstleis-
tungs-Ein- und Ausfuhr, Reisen.
Ein Wunsch von vielen Politikern und Wirt-
schaftsleuten geht damit in Erfüllung. Man ist
nicht mehr abhängig von der Geldpolitik der
grossen Länder. Da alle Länder wirtschaftlich
ungefähr gleich stark sind, schwanken auch die
einzelnen Landeswährungen wenig.

- Keine Reisebeschränkungen mehr, kein Visum,
keine Grenzkontrollen. Jeder reist mit einer
weltweit standardisierten, unfälschbaren Identi-
tätskarte, die auch im eigenen Land immer die
entsprechende Person begleiten muss.

- Jeder kann arbeiten, wo er will, sofern das entsprechende Land ihn aufnimmt.

- Das Schulsystem wird international, für alle Länder verbindlich, vereinheitlicht. Für überall gültige Fächer, wie Mathematik, Geometrie, Biologie, Physik, Chemie, Geografie etc. gibt es für alle Länder zu verwendende Fachbücher in Esperanto.

- Jedes Land hat seine Sprachen. Esperanto wird zur internationalen Sprache erklärt und jeder Bürger auf dieser Erde muss seine Landessprache und Esperanto beherrschen.
  Die UNO gründet eine Esperanto-Institution, die die Einhaltung der Regeln überprüft und die den Wortschatz ausgebaut.

- Absolute Religionsfreiheit, aber jede Missionierung ist strikte verboten, totale Trennung von Staat und Religion, mehr Moral als Religion, mehr Philosophie als Religion. Religionsorganisationen organisieren sich in Vereinen oder Clubs, wie der Literaturverein, der Fussballclub etc. Keine Religion darf etwas versprechen oder lehren, was nicht eindeutig beweisbar ist, das heisst die Religionen müssen ihre heutigen fixen Behauptungen in die Möglichkeitsform umschreiben.

- Die Ordnung jedes Landes und in jeder Beziehung wird durch eine Polizeitruppe wahrgenommen, die maximal einen Polizisten pro 10'000 Einwohner zählen darf.
  Gibt es in einem Land grössere interne Proble-

me, kann der Landes-Manager von der UNO Hilfe erbeten.

- Es gibt keine Gefängnisse oder ähnliche Institutionen mehr. Jeder verbüsst seine Strafe – je nach Schwere der Verfehlungen – in einem entsprechend strengen Arbeitslager.
Es gibt keine Todesstrafe, aber lebenslängliche Verwahrung in einem Arbeitslager ist möglich.

- Jeder Erwachsene darf konsumieren, was er will. Er trägt jedoch auch die finanzielle Verantwortung für die Folgen von Alkohol-, Tabak-, Doping-/Drogen-Konsum und anderen Exzessen, wie Fresssucht, zuviel oder zuwenig Bewegung, Profi-Sport, Extremsport etc.

- Jeder Erwachsene ist hundertprozentig finanziell verantwortlich für seine Aktionen, inklusive die Aktionen seiner minderjährigen Kinder.

- Es gibt keine vom Staat bezahlten Pensionen. Jede erwachsene Person kann eine private Versicherung abschliessen, welche Alters- und Invaliditätspensionen, Krankheitskosten und Haftpflichtfälle bezahlt.

- Der Staat unterstützt niemanden. Wer nicht selber für sich sorgen kann, wird sofort human entsorgt.

- Die Gesamtschulden eines Landes dürfen höchstens das Total einer Jahreseinnahme der entsprechenden Regierungsebene ausmachen.

- Die Gesamtbevölkerung der Erdkugel muss sich zwischen 200 und maximum 205 Millionen einpendeln, das heisst, dass jedes Land seine Einwohnerzahlen stabilisieren muss.

Das Direktorium beschliesst bereits jetzt schon einige nach dem „Tag x Paradies" auszuführende Massnahmen, welche durch die UNO in die Wege geleitet und überwacht werden:

- Sämtliche ausserirdischen Stationen und Flüge werden sofort eingestellt, da unsere Technik für Expeditionen zu interessanten Objekten noch viel zu primitiv ist. Mond- und Marsflüge sind Prestigeprojekte einiger grössenwahnsinnigen Regierungen, reine Geldverschwendung und bringen den Menschen auf der Erde keine brauchbaren Erfolge. Das Ziel sollen Objekte in anderen Sonnensystemen sein, welche ähnliche Eigenschaften aufweisen wie die Erde, so dass auch eine Wahrscheinlichkeit besteht, dass dort Lebewesen existieren. Für dieses Ziel werden erhebliche Forschungsmittel zur Verfügung gestellt.
- Sämtliche früheren Schulden eines Landes sind per Beschluss getilgt. Unternehmungen und In-

stitutionen, welche durch diese Massnahme Verluste erleiden, erhalten den Nettoverlust durch einen Fonds der UNO, welcher durch alle Länder entsprechend ihren neuen Bevölkerungszahlen gespeist wird, vergütet. Der Nettoverlust errechnet sich aus den Gewinnen und Verlusten der neuen Situation.

- Eine bereits existierende Unternehmung wird die Vernichtung der gefährlichen Waffen auf der ganzen Erde übernehmen. Die einzelnen Länder vernichten und wiederverwerten sämtliche militärischen, konventionellen Waffen, Fahrzeuge, Einrichtungen und Bauten.

- Alle Infrastruktur – ausser Schulen und Polizei – muss innerhalb von zwei Jahren privatisiert werden (Genossenschaften, Vereine oder andere Gesellschaftsformen).

- Nur Verwandte in zwei Ebenen nach unten und oben erben von den Verstorbenen. Alles übrige Vermögen fliesst in die Staatskasse.

- Dort, wo die Bevölkerungsverminderung überdurchschnittlich war, werden Länder zu grösseren Einheiten fusioniert. Dies wird hauptsächlich auf dem afrikanischen und zum Teil asiatischen Kontinent zur Anwendung kommen.

- Der Antrieb von sämtlichen Fahrzeugen und Booten muss innerhalb von 10 Jahren auf Was-

serstoff, Strom oder direkt auf Solarenergie um-
gestellt werden.

## 15. Das Treffen mit der Verfasserin des radikalsten Vorschlages

Herr Adler trifft sich mit der Verfasserin der radikalsten Lösung der Probleme auf dieser Erde in New York. Herr Adler und Frau Dr. Ming sehen sich am 10. Juli 2034 um 13.30 h im Zentralpark zum ersten Mal. Es ist heiss und feucht. Frau Dr. Ming ist eine sehr attraktive Frau, selbstbewusst auftretend. Sie wohnt im asiatischen Raum, ist eine weltbekannte Biologin und die Besitzerin eines mittleren, ausserordentlich gut rentierenden Laboratoriums für diverse Versuche.

Das Unternehmen ist in zwei Bereichen tätig. Der grössere Bereich heisst „Leistung der Menschen" und ist im Moment für 80 % des Umsatzes verantwortlich. Über 95 % des Umsatzes dieses Bereiches erzielt das Laboratorium mit Dopingmitteln und Drogen für sogenannte Sportler, für Leute im Show Business und für gestresste Manager von mittleren bis grösseren Unternehmungen. Der Gewinn vor Forschung beträgt sagenhafte 88 %. Mehr als 50 % des Umsatzes gehen für die Forschung und Entwicklung weg. Die meisten Medaillengewinner an grossen Sportereignissen, wie Olympiaden und Weltmeisterschaften sind Kunden von Frau Dr. Ming. Die Konkurrenz auf dem Gebiete Dopingmittel ist zwar gross, gibt es doch weltweit um die 80 solcher Laboratorien, wobei Frau Dr. Ming mit geschätzten 55 % Weltmarktanteil mit Abstand führend ist.

Der zweite kleinere Bereich des Unternehmens nennt sich „Leistung der Tiere", der erst vor sechs Jahren

den Betrieb aufnahm. Hier werden Futterzusätze produziert, die die Leistung von Tieren wesentlich erhöhen. Zum Beispiel ist ein Futterzusatz in der Endphase
der Forschung mit dem die Fleischproduktion von
Rindvieh, Schweinen und Schafen innert 18 Monaten
um ungefähr 5 bis zu 30 % erhöht werden kann und
dies mit einer wert- und mengenmässig gleichbleiben-
den Futtermenge. Bloss die Zusammensetzung des
Futters muss leicht verändert werden.

Nach der herzlichen Begrüssung – Frau Dr. Ming ist
ein sehr fröhlicher Mensch – geht es gleich zur Sache.
Die Beiden setzen sich auf den Boden im Zentralpark
und Frau Dr. Ming beginnt zu erzählen. Durch die
jahrelange Arbeit mit den Dopingmitteln, wo alles
möglichst nicht schädlich für die Gesundheit sein
muss, wo alles möglichst nicht entdeckt werden soll
und wo alle diese Mittel möglichst eine grosse Resul-
tatverbesserung mit sich bringen müssen, kennt man
im Laboratorium von Frau Dr. Ming die Körperfunk-
tionen und Körperreaktionen etwas besser als andere
„normale" Laboratorien dieser Welt. Frau Dr. Ming ist
persönlich und beruflich eine überzeugte Analytikerin
und in ihrem Land ein Parteimitglied der ersten Stunde. Für sie gibt es keinen anderen Ausweg aus den
Problemen dieser Erde als eine drastische Bevölkerungsreduzierung.

Sie erzählt, wie sie mit fünf Mitarbeitern bei einem
Test vor 6 Jahren im Laboratorium in einem hundertprozentig hermetisch abgeschlossenen Versuchsraum
ein manipuliertes Virus einem Affen injizierten, der

nach etwas mehr als einem Tag nur noch in Staubform vorhanden war. Alle zwei Tage untersuchten sie den Versuchsraum auf das Virus. Am zweiten, vierten und sechsten Tag lebte das Virus noch. Nach dem achten Tag war das Virus unauffindbar. Nach dem zwölften Tag wurde der Versuchsraum geöffnet und gereinigt.

Da das Resultat für das Laboratorium unbrauchbar war, archivierte man die ganze Akte und niemand sprach mehr davon. Sie selber sah sofort eine Möglichkeit, dieses Virus für eine Bevölkerungsverminderung einzusetzen. Von da an arbeitete sie persönlich und allein an einer Impfung gegen dieses Virus. Hie und da gab sie Teilaufgaben an ihre Mitarbeiter weiter, ohne jedoch den Argwohn derselben zu erwecken, da Frau Dr. Ming schon immer Forschung auf verschiedenen Gebieten des Dopings auf eigene Faust erledigte. Vor drei Jahren war es dann soweit. Während eines langen Wochenendes nahm sie je zwei Exemplare von drei verschiedenen kleinen Affenarten in den gleichen Versuchsraum von damals. Drei Affen erhielten eine Impfung, die sie ihnen auf die Hand sprühte, drei Affen blieben ohne Impfung. Die geimpften Affen markierte sie mit grüner Farbe. Nach einem Tag setzte sie das Virus frei. Und wieder nach einem Tag schaute sie sich das Resultat des Testes an. Und siehe da, die drei geimpften Affen waren ganz munter in ihren Käfigen, während in den drei anderen Käfigen nur Staub zu sehen war.

Frau Dr. Ming war mit ihrem Test sehr zufrieden. Was sie nachdenklich machte, war die Frage, wie man die-

sen Test auf die Erdbevölkerung umsetzen kann. Sie
wollte schlussendlich nicht ganz allein auf dieser Erde
vegetieren. Man muss die benötigte Infrastruktur auf
der ganzen Erde aufrechterhalten und Millionen von
intelligenten und analytischen Menschen von diesem
notwendigen Schritt überzeugen. Da hilft nur eine
grosse, gut organisierte Organisation. Die Analytiker-
Partei schien ihr dafür bestens geeignet. Als die Partei
dann sogar zu Vorschlägen aufrief, wie man die grossen Probleme auf dieser Erde definitiv und relativ
rasch lösen könnte, war ihr klar, dass ihr Virus und
ihre Impfung die einzige gut realisierbare Lösung dar-
stellen. Aus Sicherheitsgründen hat Frau Dr. Ming
ihren Vorschlag ohne zu viele technische Details zu
nennen unter einem Decknamen nicht an die Partei
ihres Landes, sondern direkt an das Direktorium der
internationalen Analytiker-Partei gesandt.

Herr Adler ist begeistert und zugleich etwas nachdenklich. Denn er weiss, dies wird die Lösung sein.
Frau Dr. Ming lädt Herr Adler zu einem Besuch ihres
Laboratoriums und eines praktischen Versuchs ein,
was er sofort annimmt. Denn Herr Adler will sicher
sein, dass alles wie geplant funktioniert und dass genügend Produktionskapazitäten vorhanden sind.

## 16. Der Besuch von Herrn Adler im Laboratorium in Thailand

Bereits anfangs August 2034 reist Herr Adler nach Thailand, wo sich das Laboratorium von Frau Dr. Ming befindet. Sie wartet zusammen mit ihren drei wichtigsten Mitarbeitern, dem Fabrikations-, dem Forschungsleiter, dem Privatsekretär und zwei Privatchauffeuren auf dem Flughafen. Nach einer herzlichen Begrüssung geht es mit zwei Rolls-Royce, einen für Frau Dr. Ming und Herrn Adler, den anderen mit den Mitarbeitern von Frau Dr. Ming, zu einem luxuriösen Restaurant, wo ein ausgezeichnetes thailändisches Mittagessen auf sie wartet.

Beim Essen wird über dies und das gesprochen, jedoch sehr wenig über die Aktivitäten des Laboratoriums. Niemand ausser Frau Dr. Ming und Herr Adler kennen den wahren Grund des Besuches. Alle Mitarbeiter am Laboratorium wurden orientiert, dass Herr Adler ein Fabrikant von wasserstoffbetriebenen Autos und Motorrädern ist und er chemische Zusätze zum Wasserstoff sucht, um den Verschleiss von Ersatzteilen zu reduzieren.

Nach dem Essen fahren alle zum Laboratorium, das ungefähr 30 km ausserhalb der Grossagglomeration Bangkoks liegt, mitten in einer tropischen Landschaft mit unzähligen Bäumen und Sträuchern. Nicht weit vom Laboratorium ist das Gästehaus für Herrn Adler, ein prachtvolles Haus mit einer fantastisch schönen Umgebung. Das Schlafzimmer von Herrn Adler ist

sehr gediegen eingerichtet und besitzt einen separaten
Umkleideraum, ein Büro und ein riesengrosses Bade-
zimmer. Das Haus ist voll von jungen und schönen
Angestellten, die meisten weiblichen Geschlechts.
Zwei sind in der Küche tätig, die die geschmackvolls-
ten tropischen Gerichte zubereiten. Drei sind für die
Reinigung und Organisation zuständig und zwei, die
schönsten der Mädchen, sind persönliche Dienerinnen
von Herrn Adler. Vier Wächter müssen für die Sicherheit sorgen, wobei der eine ebenfalls als Privatchauffeur von Herrn Adler tätig ist. Frau Dr. Ming verab-
schiedet sich lächelnd und wünscht Herrn Adler gute
Erholung von der langen Reise.

Herr Adler wünscht sich als erstes ein Bad und schon
huschen seine beiden Dienerinnen, um Wasser ins
grosse Sprudelbad einzulassen und einige wohlschme-
ckende Essenzen ins Wasser zu schütten. Als das Bad
bereit ist, holen sie Herrn Adler und – ohne jede
Scham – entkleiden ihn bis auf die reine Haut. Vom
Badrand aus waschen sie ihn von Kopf bis Fuss, kein
Quadratzentimeter wird ausgelassen. Direkt am Boden
neben dem Sprudelbad legen die beiden Mädchen eine
grosse, mit schönem Batikstoff eingefasste Schaum-
stoffmatte. Auf dieser Matte massieren sie nun den
Herrn Adler, einmal mit ganz leichten Bewegungen,
dann wieder mit Kraft. Zuletzt wird auf dem ganzen
Körper ein wohlriechendes Öl einmassiert, so dass er
– eigentlich ohne zu wollen – zu einem erlösenden
Orgasmus als Höhepunkt kommt. Herr Adler legt sich
aufs Bett. Er fühlt sich jetzt so richtig entspannt, der

Blutdruck sinkt unter die Normalwerte und er schläft ein.

Als Herr Adler erwacht, ist es draussen bereits dunkel. Seine beiden Dienerinnen lächeln ihn an. Die Chefköchin erscheint und fragt ihn auf Englisch, was er essen möchte. Herr Adler wünscht sich einen in einer Sauce gekochten Fisch. Sogleich ist die Köchin weg. Seine zwei Dienerinnen bringen leichte Kleidung. Sie massieren ihm mit aller Feinfühligkeit den Nacken und den Rücken. Die Köchin ruft zum Nachtessen in den Speisesaal. Als Herr Adler dort erscheint, findet er Frau Dr. Ming bereits am Tisch. Zusammen essen sie den exquisiten Fisch und viele andere köstliche Speisen. Frau Dr. Ming erklärt den morgigen Tagesablauf. Nach zwei Stunden kehrt sie mit dem Privatchauffeur zu ihrem Haus zurück. Herr Adler schaut sich etwas im Fernsehen an. Seine zwei Dienerinnen schwirren ständig um ihn herum. Hie und da denkt er an seine Frau. Aus diesem Grund getraut er sich nicht, den beiden Dienerinnen zu nahe zu kommen. Als er sich verabschieden will, um zu schlafen, kommen sie mit ihm aufs Zimmer und beobachten ihn, wie er die Zähne putzt, wie er das bereits bereit gelegte Pyjama anzieht und ins Bett steigt. Sie löschen einige Lampen in der Nähe des Bettes und sprechen ganz leise in einer Ecke des Schlafzimmers, so dass Herr Adler bald in einen tiefen Schlaf versinkt. Als er am Morgen erwacht, sieht er die beiden Mädchen in jener Ecke am Boden schlafen. Fast hat er ein bisschen Erbarmen, aber er findet sein Tun und Lassen doch besser.

Um 9 Uhr am nächsten Tag fährt der Privatchauffeur mit Herrn Adler zum Laboratorium, das nur 300 m vom Gästehaus entfernt ist. Frau Dr. Ming erwartet ihn schon beim Eingang und heisst ihn in ihrer Unternehmung willkommen. Sofort geht es auf Besichtigungstour. Ein mehrstöckiges Gebäude dient nur der Forschung und Entwicklung. Hier arbeiten über 500 meist asiatische Wissenschaftler, Biologen, Ärzte, Chemiker, Physiker, Mathematiker, Informatiker, die anscheinend konzentriert arbeiten, entweder an Bildschirmen oder dann an hochtechnischen Laborapparaten, die versuchen, die Leistungen der sogenannten Sportler nach oben zu trimmen. Es ist kein Kommen und Gehen und es gibt keine Gesprächsrunden, wie dies in europäischen und amerikanischen Laboratorien geschieht. Hier wird intensiv gearbeitet; gesprochen wird nur leise und – so hat man den Eindruck – nur über die Arbeit. Zuletzt besuchen Frau Dr. Ming und Herr Adler die Testräume, die in einem separaten Gebäude untergebracht sind und wo auch das Virus und die Impfung ihre Prüfung bestanden haben. Einen dieser hermetisch abgeschirmten Räume, wo nur via Computer und Roboter gearbeitet wird, hat Frau Dr. Ming für fünfzehn Tage für sich reserviert. Von den heute zur Verfügung stehenden vier Affen impft Frau Dr. Ming zwei davon und markiert sie mit grüner Farbe – beide Aktivitäten erfolgen mit dem Roboterarm. Dann verlassen sie das Gebäude und gehen zum Mittagessen, wo Herr Adler wieder auf die drei am Flughafen angetroffenen Mitarbeiter stösst, welche natürlich wissen möchten, was Herr Adler über das Laboratorium denkt.

Am Nachmittag werden die Produktionsanlagen besichtigt, immer unter der kundigen Führung von Frau Dr. Ming, die inklusive Herr Adler überall respektvoll begrüsst werden. Herr Adler ist an den maximal möglichen Produktionsmengen interessiert. Denn um einen Impfstoff für 150 bis 200 Millionen Menschen innert 4 bis 5 Monaten zu produzieren, benötigt man eine gute Organisation und Infrastruktur. Gezielte Fragen stellt er nur, wenn Frau Dr. Ming die einzige Zuhörerin ist. Auf dem Weg ins Büro von Frau Dr. Ming sieht Herr Adler noch die schlanke Organisation der Administration. Im Büro angekommen, platzt Herr Adler vor lauter Fragen. Frau Dr. Ming fasst kurz zusammen. Die Forschung und Entwicklung für die Impfung und das Virus ist zu 95 % abgeschlossen. Was noch fehlt sind weitere und grössere Tests. Frau Dr. Ming möchte unbedingt auch einen Test mit Menschen absolvieren, was Herr Adler als sehr gefährlich ansieht. Für die Produktion des Virus benötigt das Laboratorium nur einen Tag, da die Menge sehr gering ist. Was bei der Produktion des Impfstoffes ins Gewicht fällt, sind die Mengen. Aber Frau Dr. Ming rechnet vor, dass pro Person 5 Gramm mehr als genügend sind, das heisst für 200 Millionen Menschen gibt dies eine Menge von 1000 Tonnen. Die Produktionsabläufe für diesen Impfstoff sind relativ einfach. Man benötigt nur relativ einfache Apparaturen, so dass pro Tag mit mindestens 10 Tonnen gerechnet werden darf, was eine Produktionszeit von höchstens 100 Tagen oder drei Monaten und 10 Tagen ergibt, denn im Laboratorium von Frau Dr. Ming ist man sich gewohnt,

24 Stunden pro Tag und 7 Tage pro Woche zu arbeiten, sofern dringende Aufträge vorliegen. Herr Adler ist überzeugt, dass Frau Dr. Ming die benötigte Menge Impfstoff in drei Monaten produzieren kann. Die Kosten für die Produktion des Impfstoffes, inklusive des Virus, beziffert sie auf 10 Millionen Schönland-Franken.

Da Frau Dr. Ming eine überzeugte Analytikerin ist, hat sie schon weitergedacht. Wie kann man den Impfstoff am besten in die verschiedenen Länder einführen. Sie kennt die Einfuhrbestimmungen der meisten Länder aus der Praxis mit den Dopingmitteln. Die beste Lösung erachtet sie im Dazumischen von Vitaminen, welche für die Impfung nicht relevant sind, aber die Einfuhr fast überall erleichtern, da zum Beispiel Vitamin C als Konservierungsmittel in einer Unmenge von Produkten zu finden ist. Deklariert man die Einfuhr als Vitaminmischung, gibt es wahrscheinlich nirgendwo Probleme.

Frau Dr. Ming befasst sich schon lange mit den auftretenden Problemen einer Massenimpfung in relativ kurzer Zeit. Impfapparate in allen möglichen Formen und Ausführungen sind durch ihren Kopf gegangen. Sie empfiehlt Herrn Adler, seine und seiner Firma Anstrengungen auf die Entwicklung dieser Impfapparate zu konzentrieren. Wiederum bringt sie ihre Erfahrungen ein, indem sie vorschlägt, die Impfapparate lediglich als Fingerabdruck- und Kartenleser in die vielen Länder einzuführen.

Am zweiten Tag holt Frau Dr. Ming Herrn Adler um 10 Uhr im Gästehaus ab und sie fahren direkt zum Versuchsraum, wo die vier Affen warten. Via Roboter zerbricht sie im Raum mit den Affen eine Ampulle mit dem Virus. Dann essen sie zu Mittag in einem Fischrestaurant direkt am Meer. Am Nachmittag zeigt einer der Privatchauffeure von Frau Dr. Ming dem Herrn Adler die interessante und mit vielen Sehenswürdigkeiten gespickte Stadt Bangkok.

Den dritten und vierten Tag organisiert Herr Adler für sich. Er besucht einige Lieferanten seiner Unternehmung. Zudem trifft er sich mit einem ehemaligen Schulkollegen der Elementarschule in Altenwil, der in Bangkok eines der bekanntesten Hotels leitet.

Am fünften Tag holt ihn wieder Frau Dr. Ming im Gästehaus ab und wieder fahren sie direkt zum Versuchsraum. Und siehe da, die zwei geimpften, grün markierten Affen spielen mit Holzrollen, während in den zwei anderen Käfigen nur je ein Häufchen Staub übrig bleibt.

Noch am Abend des fünften Tages reist Herr Adler sichtlich erschöpft wieder zurück nach Schönland. Im Erstklasssessel und Bett des Flugzeuges träumt er von thailändischen Mädchen, von Viren und Affen.

Frau Dr. Ming hat bei einem der vielen Zusammenkünfte mit Herrn Adler nebenbei erwähnt, dass sie vor einigen Jahren auf einer Reise einen Herrn Esel, Generalmanager einer grossen Bank getroffen habe. Dieser habe sich sehr um sie bemüht und ihr sogar eine mögliche Heirat angeboten. Da Frau Dr. Ming immer sehr beschäftigt und in Liebessachen mangels Gelegenheiten für ihre 38 Jahre sehr unerfahren ist, verfiel sie dem Charme von Herrn Esel, der sie für viel Geld um ein Rezept bat, um darin Füchse ohne Spuren aufzulösen, da diese im Park seiner Villa viel Schaden anrichten und die Umweltbehörde das Töten des Fuchses mit Gefängnis bestraft. Frau Dr. Ming gab ihm dann mündlich und unentgeltlich ein Rezept von acht Rohmaterialien und Wasser, dessen Produkt fast keine Spuren  hinterlässt, da die Körper der Füchse sich total auflösen. Spuren der Füchse wären nur in der Rezept-Mixtur während ungefähr zehn Jahren nachweisbar. Wird die Rezept-Mixtur mit den darin aufgelösten Körpern in ein fliessendes Gewässer eingeleitet und die Gefässe gründlich gereinigt, sind keine Spuren mehr erkennbar. Damit die Umweltbehörden die Rezept-Mixtur im Fluss oder Bach nicht bemerken, muss unbedingt darauf geachtet werden, dass das Gewässer zur Zeit der Einleitung der Rezept-Mixtur sehr viel Wasser führt.

Am Ende der Reise trennten sich die Wege von Frau Dr. Ming, die einen sehr glücklichen Eindruck machte und von Herrn Esel, der sich mit vielen heissen Küssen und mit vielen Versprechungen von Frau Dr. Ming verabschiedete. Die Enttäuschung war für sie gross, als Herr Esel nie mehr Kontakt mit ihr aufnahm und auch telefonisch in Altenwil nicht erreichbar war.

Herr Adler erinnert sich sofort an den Fall des ver-
missten Herrn Ziege. Er erzählt den Vorfall an Frau
Dr. Ming, die die Lieferung des Rezeptes bedauert
und fordert, dass Herr Adler die Polizei benachrich-
tigt.

## 17. Das Leben in Altenwil, Schönland und der übrigen Welt – Teil 5

Kaum zurück in Altenwil geht Herr Adler bei der Polizei vorbei und legt die neuen Erkenntnisse zum mysteriösen Tod von Herrn Ziege vor.

An einer kurzen Videokonferenz orientiert Herr Adler die anderen Mitglieder des Direktoriums ganz generell – ohne Details zu erwähnen – über seinen Besuch in Thailand. Er will aber möglichst schnell umfassend über sein Zusammentreffen mit der Verfasserin der radikalsten Lösung, Frau Dr. Ming, informieren. Darum lädt er das Direktorium für übernächste Woche nach Frankfurt ein. Herr Adler bittet Frau Dr. Ming für den ersten Tag zur Direktoriumssitzung der internationalen Analytiker-Partei zu kommen. Umgehend bestätigt sie die Teilnahme. Da jedes Direktoriumsmitglied weiss, dass alle Sitzungen jetzt entscheidend sind, sagen alle sofort zu.

Zwei Tage nach der Meldung von Herrn Adler fahren sechs Polizeiautos mit Spurensuchexperten zur Villa von Herrn Esel. Herr Esel begrüsst sie freundlich und fragt nach dem Grund des Besuches. Als der Polizeichef den Namen Ziege erwähnt und zugleich die provisorische Verhaftung ankündigt, verfinstert sich das Gesicht von Herrn Esel. Die Experten gehen gleich zur Sache. Sie wissen noch, in welchem Raum sich die seltenen Chemikalien und die Glasflaschen mit der dunklen Flüssigkeit befanden, welche damals als verdächtig erschienen. Herr Esel versucht den Polizeichef mit einer Zahlung von 10 Millionen Schönland-Franken zu bestechen, der jedoch abwinkt. Die Experten bringen die seltenen Chemikalien und die zehn 20-Liter-Glasflaschen zu den Polizeiautos. Nach ein paar bürokratischen Erfordernissen fahren die Polizeiautos inklusive Herr Esel zur Polizeizentrale, wo bereits drei Advokaten auf ihren Klienten warten, die jedoch wenig ausrichten können, denn Herr Esel muss vorerst ein paar Tage in einer Gefängniszelle verbringen. Nach einer Woche sind die Experten zum eindeutigen Resultat via DNA gekommen, dass sich Herr Ziege aufgelöst in den Glasflaschen befindet. Nach Vorlage des Expertenberichtes bricht der Widerstand von Herrn Esel zusammen und er gesteht den Mord an Herrn Ziege.

Damals plante Herr Esel in allen Details den Mord an Herrn Ziege, der ihn ständig wegen seines viel zu grossen Salärs, des viel zu kleinen deklarierten Steuereinkommens und -Vermögens und den Privilegien der Gemeinde Altenwil zu Gunsten von Herrn Esel mit Zeitungs- und Internet-Beiträgen provozierte. Auf einer Reise, wo sich viele sehr vermögende Leute trafen, lernte er eine weltbekannte Biologin kennen, der er sein Leid der in seinem Park herumstreunenden und Schaden stiftenden Füchse klagte, dabei aber Herrn Ziege im Auge hatte, der in seiner Privatumgebung herumstocherte. Die Biologin gab ihm ein Rezept, wie er die Füchse, ohne grosses Risiko entdeckt zu werden, loswerden könnte. Fleisch, Knochen, Textilien, Plastik, Leder etc. lösen sich sofort in der flüssigen Mixtur auf, so dass sich nach einer Stunde nur noch eine dunkle Flüssigkeit präsentiert, die ohne Verschmutzungsgefahr in ein stark fliessendes Gewässer gegossen werden kann, so dass keine Spuren mehr zu finden sind.

Wieder zurück von der Reise kaufte Herr Esel persönlich die benötigten Chemikalien und zwar jede an einem anderen Ort. Er erwarb bei einem Bauern ein kleines Schaf. Dann probierte er das Rezept aus und zu seiner grossen Befriedigung funktionierte es perfekt.

Herr Ziege machte wie immer am späten Abend noch einen Spaziergang an der langen Parkstrasse, die beidseits von einem nicht sehr dichten Wald gesäumt wird, um frische Luft einzuatmen und um sich zu entspannen. Viele Personen in Altenwil kennen diese Routine von Herrn Ziege. Meistens ist er allein unterwegs. Auch an diesem Abend schien weit und breit niemand den gleichen Weg zu gehen wie Herr Ziege. Langsam und untertourig lenkte Herr Esel seinen teuren Mercedes, bei dem er die Beleuchtung der Autonummern ausschaltete, mehrmals die Parkstrasse hinauf und hinunter. Er wollte sicher sein, dass Herr Ziege sich allein in dieser Gegend aufhielt. Beim dritten Mal stoppte er neben Herrn Ziege und bat ihn, in sein Auto zu steigen, um über die Streitpunkte zu diskutieren. Nichts ahnend stieg Herr Ziege ins Auto und Herr Esel fuhr direkt in die Garage seiner Villa. Von dort kann man ins eigentliche Haus oder dann via eine Stiege in den Keller gelangen. Herr Esel führte seinen Gast in den Keller, wo sie in einem schönen Sitzungszimmer bei einem Glas Wein über dies und das diskutierten. Herr Esel leitete dann das Gespräch auf die Kritik von Herrn Ziege, die er im Internet und in Zeitungen publizierte. Nun wurde das Gespräch lauter und unfreundlich. Herr Ziege liess sich auch von einer von Herrn Esel offerierten Stillhaltezahlung von einer Million Schönland-Franken nicht von seiner Meinung abbringen. Er hoffte, dass seine veröffentlichten Äusserungen nun endlich Wirkung zeigen und die Aktionäre der Bank, die Aufsichtsbehörden und die Justiz dem Herrn Esel endlich die rote Karte zeigen sollten. Da merkte Herr Esel, dass alles Diskutieren keinen Erfolg haben werde und schritt zur Ausführung seines teuflischen Planes. Er präsentierte einen bereits vorbereiteten Vertrag, wo er auf seinen Job bei der Bank und alle von Herrn Ziege angeprangerten Vergünstigungen aller Art verzichtete. Herr Ziege müsste seine Schreibereien einstellen. Zum Schluss unterschrieben die beiden Herren den Vertrag und tranken dann ein weiteres Glas eines sehr teuren Weines. Dabei schüttete Herr Esel ein starkes Schlafmittel in das Glas seines Kontrahenten. Die Wirkung liess nicht lange auf sich warten. Bald war Herr Ziege schwach auf den Beinen und sehr schläfrig, so dass Herr Esel ihn fast mühelos in einen anderen Raum begleitete, wo sich ein grosses gefülltes Schwimmbecken und ein sehr kleines nicht gefülltes Kleinkinderschwimmbecken befand. Er legte den Herrn Ziege ins kleine Schwimmbecken, wo Herr Ziege bald tief schnarchte. Da alles gut vorbereitet war, füllte Herr Esel das kleine Schwimmbecken mit ungefähr 80 Liter Wasser und schüttete nun alle von Frau Dr. Ming gelisteten Chemikalien in flüssiger und Pulverform auf Herrn Ziege, der in seinen nassen Kleidern aufwachte, aber sofort wieder einschlief. Herr Esel las ruhig seine Zeitung, während sich Herr Ziege auflöste. Nach einer Stunde war es soweit. Herr Esel füllte die dunkle Flüssigkeit in Glasbehälter. Da die Bäche sehr wenig Wasser führten, erachtete er es besser, die Flüssigkeit vorerst nicht in ein Gewässer einzuleiten. Er wollte dies so bald als möglich nachholen. Herr Esel reinigte dann das kleine Schwimmbecken mit starken Putzmitteln. Dann liess er normales Schwimmbeckenwasser mit viel Chlor in das kleine Schwimmbecken einlaufen.

Da die Polizei nach dem Verschwinden von Herrn Ziege keine Spuren in seinem Hause fand, liess er die Glasflaschen vorerst im Keller ruhen, um sie später zu entsorgen. Er dachte kaum mehr an die Flaschen, was ihm nun zum Verhängnis wurde.

Die riesigen Savannen in Afrika wurden in den letzten Jahren und Jahrzehnten und werden immer mehr durch riesige Rinderherden abgeweidet, so dass Hunderttausende von Wildtieren verhungerten und verhungern. Dadurch verlieren einige afrikanische Länder viele Arbeitsplätze und die so dringend benötigten Devisen aus dem Tourismus-Business.

Um die Rohstoffknappheit einiger wertvoller Metalle zu überbrücken, holen amerikanische Gesellschaften Metalle aus dem Pazifik. Eine Vielzahl von Schiffen

senken vielbeinige, grosse Roboter auf den Meeresgrund ab, wo sie herumkrabbeln und den Meeresbo-
den aufkratzen. Die Metalle und Gesteine legen sie in
Körbe, die von Zeit zu Zeit nach oben gehievt werden,
wo sie auf dem Schiff entleert werden. Die Tätigkeiten
auf dem Meeresgrund wirbeln Sedimente auf. Diese
Sedimentwolken vergrössern sich in alle Richtungen
und töten teilweise die Meerestiere.

Durch das Erstarken vieler anderer grosser Länder,
nehmen der Einfluss und die Macht der USA ständig
und stark ab. Da das Land in den vergangenen Jahrzehnten, die bis tief ins 20. Jahrhundert reichen, sich
dank einiger verantwortungsloser Präsidenten und
Politiker überall einmischten, unnütze idiotische Krie-
ge führten und unvorstellbare Schulden anhäuften,
musste der jetzige Präsident Bourke die USA per Ende
2034 für bankrott erklären.

Eine deutsche Universität stellt eine neu entwickelte
und bereits verkaufsbereite Sonnenzelle vor, welche
einen Wirkungsgrad von über 30 % besitzt und zudem
billiger produziert werden kann als die heute auf dem
Markt erhältlichen. Diese Sonnenzelle kann alle Ener-
gieprobleme dieser Erde lösen, wie Energiebedarf der
privaten Haushalte, Elektrofahrzeuge, Gebäudehei-
zungen und Gebäudekühlungen, Energiebedarf in ab-
gelegenen Gebieten ohne elektrische Zuleitungen,
Wasserstoffproduktion etc. Die bereits konventionell

produzierte Energie aus Wasserkraft und Windmühlen kann dann von der Industrie konsumiert werden.

## 18. Die Teilnahme von Frau Dr. Ming an einer Direktoriumssitzung der internationalen Analytiker-Partei in Frankfurt vom 6.-7. Mai 2036

Herr Adler reserviert für den Vortag der Direktoriumssitzung ein übergrosses Taxi für 6-8 Personen. Ausdrücklich wünscht er, dass der Chauffeur und eine Begleitperson, die eine versierte Stadtführerin sein muss, sehr gut englisch sprechen und sehr freundliche und umgängliche Personen sind. Am 5. Mai fährt der Chauffeur mit Herrn Adler und der Stadtführerin zum Flughafen in Frankfurt, um Frau Dr. Ming abzuholen. Pünktlich landet der Flug aus Thailand. Sie ist diesmal mit ihrem Privatsekretär gekommen, da sie in Deutschland mit sehr vielen Personen Geschäfte abwickelt, die sie alle besuchen will. Die Begrüssung ist wie immer sehr herzlich. Frau Dr. Ming ist in sehr guter Laune, denn sie weiss, dass diese Sitzung sehr wichtig ist für die Entscheidungsfindung der Analytiker. Gleich am Flughafen erfrischen sich alle bei Getränk und Gebäck. Frau Dr. Ming war schon mehrmals aber immer nur für kurze Zeit in Frankfurt. Sie liebt diese Stadt und die Deutschen, die sie als sehr zuverlässige Geschäftspartner schätzt. Die Stadtführerin führt nun alle fachkundig durch die Stadt Frankfurt, welche viel Sehenswürdiges zu bieten hat. Am Abend entlässt Herr Adler den Chauffeur und die Stadtführerin. Im Fünf-Stern-Hotel, wo die beiden asiatischen Gäste auch übernachten, essen Frau Dr. Ming, der Privatsekretär und Herr Adler zu Nacht. Das Gespräch dreht sich um die allgemeine, politische und wirtschaftliche Lage der Nationen. Keine Silbe wird über den eigentlichen Grund des Besuches geäussert. Herr Adler kombiniert mit Frau Dr. Ming, dass er sie morgens um 9 Uhr im Hotel abholen werde.

Vor 9 Uhr erscheint Herr Adler im Hotel und wartet in der Empfangshalle auf Frau Dr. Ming. Sie kommt pünktlich und wie immer wohlgelaunt. Um eventuelle Abhörsysteme in den konventionellen Sitzungszimmern von Hotels und Businesscenters zu vermeiden, hat Herr Adler kurzfristig ein 20-plätziges mit Glas gedecktes Boot auf dem Main bestellt. Sie fahren zur Andockstelle des Bootes. Die anderen 10 Mitglieder des Direktoriums sind bereits auf dem Boot, wo sie sich bei Getränken unterhalten. Herr Adler stellt Frau Dr. Ming vor und man sieht es allen an, dass sie überrascht sind, eine so attraktive, schöne Frau vor sich zu haben. Das Boot fährt langsam auf dem Main, während die Sitzung beginnt. Herr Adler heisst Frau Dr. Ming willkommen an der Direktoriumssitzung. Über seinen Besuch im Laboratorium von Frau Dr. Ming informierte er das Direktorium schon nach seiner Rückkehr aus Thailand. Er ergänzt nun die bereits gelieferten Informationen mit Detailbeschreibungen. Frau Dr. Ming bedankt sich für die Einladung und erzählt kurz die Geschichte des Virus. Seit der Abreise von Herrn Adler aus Thailand vollzog Frau Dr. Ming weitere Tests, den grössten mit 20 Affen und 30 verschiedenen Haustieren. Die geimpften Affen und sämtliche Haustiere, die alle nicht geimpft wurden, haben den Test munter überlebt. Das Direktorium ist beeindruckt von ihren Ausführungen. Die Direktoriumsmitglieder laden Frau Dr. Ming ein, ihre grossen Erfahrungen auch für die vielfältigen Arbeiten vor dem „Tag x Paradies" einzubringen. Herr Adler schlägt vor, Frau Dr. Ming in Zukunft zu den Videokonferenzen und Versammlungen des Direktoriums einzuladen, was einstimmig angenommen wird. Noch vor Mittag verlassen Frau Dr. Ming und Herr Adler das Boot und fahren zum Hotel zurück, wo sie im grossen Restaurant etwas essen. Jetzt kann Frau Dr. Ming von ihrem letzten und entscheidenden Test erzählen. Vor einem Monat wurden aus einem Gefangenenlager eines Nachbarlandes – 250 km entfernt – während der Nacht vier zum Tode Verurteilte von einem lokalen Agenten angeliefert. Das ganze Testgebäude hatte sie schon vorher für zwei Wochen für sich reserviert. Sofort wurden die Vier in ihren Einzelkäfigen mit Proviant und Wasser auf zwei Testräume verteilt, da der Platz in einem Versuchsraum zu klein ist für alle vier. Je einen in den zwei Versuchsräumen impfte Frau Dr. Ming sofort. Nach 24 Stunden liess sie den Virus in den zwei Räumen frei. Die vier Gefangenen waren Fatalisten, sie redeten fast nichts und wollten auch nichts wissen. Frau Dr. Ming verstand sie sowieso nicht, da sie aus einem anderen Land und Sprachgebiet stammten. Nach einem Tag ging sie schnell ins Testgebäude. Die zwei Geimpften in ihren Käfigen assen gerade einen Teil ihres Proviants. Die anderen waren schon total zusammengeschrumpft. Am 3. Tag besuchte sie das Testgebäude erneut. Die zwei Geimpften schliefen, während von den zwei Nichtgeimpften nur je ein Häufchen Staub auf dem Boden der Käfige zu sehen war. Da das Virus maxi-

mum 10 Tage leben kann, dürfen die Versuchsräume
erst nach 12 Tagen geöffnet und gereinigt werden.
Nach 15 Tagen holte der Agent – wie abgemacht –
sein Honorar und die zwei Überlebenden ab, ohne
nach dem Verbleib der anderen zwei zu fragen. Herr
Adler fragt Frau Dr. Ming, ob sie keine Bedenken
gehabt habe, die zwei Gefangenen für den Test zu
opfern, was sie verneint, denn für den effektiven Auf-
trag müssten nicht nur zwei Personen geopfert werden, sondern 7,8 Milliarden. Mit diesem Satz ist die
moralische Frage von Herrn Adler mehr als beantwortet. Trotzdem bleibt er nachdenklich. Man merkt, dass
das Ausmass der möglichen Korrektur der Weltbevölkerung ihn sehr beschäftigt. Zum Abschied schenkt
ihm Frau Dr. Ming einen kleinen Buddha aus Thailand
und bittet ihn, etwas über Buddhismus zu lesen.

Via Handy tritt Herr Adler mit dem Sekretär des Direktoriums in Verbindung, der den Kapitän bittet, das
Boot beim nächsten Bootssteg zu ankern, damit Herr
Adler wieder einsteigen kann. Den ganzen Nachmittag
wird das Für und Wider, das Wenn und Aber diskutiert. Frau Dr. Ming hat alle sehr beeindruckt. Am
zweiten Tag der Sitzung des Direktoriums ist der defi-
nitive Entscheid betreffend die Bestellung des Impfstoffes und der Bereitstellung der dafür benötigten 10
Millionen Schönland-Franken vorgesehen. Noch bevor die Sitzung um 9 Uhr beginnt, telefoniert Frau Dr.
Ming an Herrn Adler und teilt ihm mit, dass sie die
ganzen Kosten für die Produktion des Impfstoffes und
des Virus übernimmt, was Herr Adler sehr bedankt.
Herr Adler seinerseits beschliesst auf seine Kosten

2000 Impfapparate zu produzieren, welche am
Zentralcomputer der internationalen Analytiker-Partei
angeschlossen werden können, um bei Übereinstim-
mung des gespeicherten Fingerabdruckes und Partei-
ausweises fünf Gramm des Impfstoffes auf den Finger
der entsprechenden Person zu sprühen.

Da nun die leidige Frage der Finanzierung wegfällt,
kommt das Direktorium schnell zum Entscheid und
bestellt bei Frau Dr. Ming 1000 Tonnen, respektive
eine Million Liter Impfstoff, abgefüllt in grossen Plastikflaschen von 20 Litern und bei Herrn Adler 2000
Fingerabdruck- und Kartenleser, respektive Impfapparate.

## 19. Vorbereitung der Impfung

Da Frau Dr. Ming die Bestellung erwartet hat, sind
schon viele Vorbereitungen und Vorkehrungen getroffen worden. Sie bestellt jetzt sofort die Rohmaterialien, damit bald mit der Produktion des Impfstoffes
begonnen werden kann. Der Impfstoff ist während 2
Jahren aktiv. Nach der Versprühung auf die Hand beginnt die Immunisierung gegen das Virus nach einem
Tag und bleibt mindestens sechs Monate wirksam.
Damit man den Finger nicht einfach in den Impfstoff
tauchen kann, aktiviert sich der Impfstoff erst unmit-
telbar vor dem Versprühen durch die Zumischung
einer genau dosierten Mischung von Wasser und Koh-
lendioxid. Nur Frau Dr. Ming und Herr Adler kennen
die Dosierung, die in verschlüsselter Form im Computerprogramm des Zentralcomputers und temporär der
Impfapparate gespeichert ist.

Das Virus kann erst kurz vor der Freisetzung produziert werden, da es nach ungefähr 12 Tagen nach der
Produktion und neun bis zehn Tagen nach Freilassung
abstirbt.

Herr Adler konstruiert mit seinen Mitarbeitern den
Impfapparat. Da die Technik – ein Fingerabdruckleser, ein Kartenleser und ein Sprühgerät – sehr bekannt
und ausgereift ist, gibt es keine grösseren Probleme.
Ein Programmierer schreibt das relativ einfache Programm. In der Fabrik von Herrn Adler, werden die
2000 Impfapparate produziert, jeden Tag 100. Wis-
send, dass in Zukunft viel weniger Autos und Motor-

räder gefragt sind, fuhr er die Produktion der Autos und Motorräder bereits herunter, so dass genügend Kapazität für die Produktion der Impfapparate vorhanden ist. Jedes Mitglied des Direktoriums ohne Herrn Adler erhält 200 Impfapparate, die an den jeweiligen ersten Impf-Orten stationiert werden.

Gemäss den früheren Empfehlungen von Frau Dr. Ming werden die Impfapparate bei der Einfuhr in die verschiedenen Länder als Fingerabdruck- und Kartenleser deklariert. Von Impfung wird vorsichtshalber nichts erwähnt. Der Impfstoff wird als Vitaminpräparat importiert, da er ja auch zwei Vitamine enthält. So sollte die Einfuhr keine Probleme verursachen.

Die ganze Impfaktion während eines Landeskongresses wird als Registrierung aller Mitglieder und Kandidaten propagiert, wo jedes Einzelmitglied und jede Familie mit allen Familienmitgliedern inklusive Säuglinge daran teilnehmen müssen. Die Impfung selber erfolgt total unbemerkt durch die Mitglieder der Analytiker-Partei. Das muss so sein, da sonst jedermann geimpft werden möchte und es zu riesigen Volksaufständen kommen könnte.

Nur ein kleiner Kreis der Analytiker-Partei ist über konkretere Pläne, die Landesvertreter über noch konkretere Pläne und nur die Direktoriumsmitglieder und Frau Dr. Ming über alle Details eingeweiht.

Länder, die bei der Einfuhr der Impfapparate oder dem Impfstoff Vorbehalte anbringen, werden einfach übersprungen. Die Mitglieder der Analytiker-Parteien dieser Länder müssen in ein anderes Land reisen, um an der Registrierung teilnehmen zu können, ebenso die Analytiker in Ländern ohne Partei. Kleine Parteien werden für die Registrierung mit anderen Ländern zusammengelegt; sehr grosse Parteien unterteilen die Landeskongresse in eine entsprechende Anzahl Regionalkongresse.

Um die Impfaktion zu einem Erfolg zu führen, ruft man alle Landesvertreter je Direktoriumsmitglied zu geschlossenen Versammlungen auf, wo das zuständige Direktoriumsmitglied und Herr Adler etwas mehr Informationen freigeben, so viel, dass die Landesvertreter wissen, dass nächstens etwas Grösseres geplant ist. Sie werden ausdrücklich darauf aufmerksam gemacht, dass die Nichtteilnahme an der Registrierung schwerwiegende Folgen haben werde. Gleichzeitig erhalten die Landesvertreter die Information, dass der Zentralcomputer nur noch bis Ende Juli 2037 und ab dann bis auf weiteres nur in Ausnahmefällen, die vom internationalen Direktorium genehmigt werden müssen, noch neue Mitglieder oder Kandidaten annimmt. Bestehende Daten können jedoch jederzeit geändert oder vervollständigt werden.

Sobald das Codewort „Paradies" auf der ersten Seite der Analytiker-Partei im Internet erscheint, wissen sie, dass die dafür geplanten Aktionen sofort gestartet werden müssen.

## 20. Die Impfaktion

Spannung liegt bei den 11 Direktoriumsmitgliedern in der Luft. Einerseits wegen der kommenden Impfaktion. Wird alles ohne Zwischenfälle funktionieren? Wird niemand zu viel plaudern? Wird es Länder geben, die Probleme verursachen? Andererseits wegen der Zukunft. Wird man die plötzliche Ruhe aushalten? Wird man die vielen nicht impfbaren Bekannten vermissen?

Das Direktorium hat beschlossen, Mitglieder oder Kandidaten, die von den lokalen Parteien als nicht erwünschte Analytiker in der Datenbank des Zentralcomputers markiert wurden, nicht zu impfen. Das Computerprogramm gibt dann dem entsprechenden Impfapparat die Anweisung, lediglich Wasser zu sprühen. So merkt niemand etwas und man vermeidet einen Skandal bei einer offenen Verweigerung der Impfung.

Da es den Landesvertretern, trotz grossen Werbeaktionen und persönlichen Einladungen nicht gelang, viele der sehr intelligenten Personen als Analytiker zu registrieren, sollen nun anlässlich der Landeskongresse interessante und hochdotierte Parallelkongresse für Chemiker, Physiker, Biologen, Ärzte, Ingenieure und Techniker verschiedenster Richtung, Computersoftwarespezialisten etc. stattfinden, bei denen die Teilnehmer beim Eingang – ohne es zu merken – geimpft werden. So hofft man, die Lücken zu schliessen, das heisst eigentliche Analytiker, die aber eine Abneigung gegen Registrierungen, Parteien und Politik haben, in das „Paradies" hinüberzuretten. Entgegen der Logik der Analytiker – dafür aus männlichen Gründen – wollen das Direktorium und die Landesvertreter junge Schönheiten bis zu 30 Jahren aus allen Gegenden eines Landes zu verschiedenen Wettbewerben, wie zum Beispiel Sport, Wissen, Models, handwerklichen Fähigkeiten etc. einladen und ebenfalls unbemerkt impfen.

Während der Impfzeit müssen alle 11 Mitglieder des Direktoriums der internationalen Analytiker-Partei während drei Monaten für die Überwachung der Impfung zur Verfügung stehen.

Am 13. August 2037 ist es soweit. Frau Dr. Ming liefert die ersten 5000 Plastikflaschen, die von Herrn Adler an die 10 Direktoriumsmitglieder weitergeleitet werden. Er bleibt vorerst in Altenwil, um von dort die weiteren Impfstofflieferungen an die Impf-Orte zu verteilen.

Von jetzt an sind für einen Tag oder Halbtag die Länder- oder Regionalkongresse organisiert, an denen das jeweils zuständige Direktoriumsmitglied zur Überwachung teilnimmt. Jeder Teilnehmer bekommt bei diesem Kongress lediglich die Impfung, die als Registrierung getarnt ist. Zudem wird er informiert, dass die entsprechenden individuellen Instruktionen, welche Funktion übernommen und was vorbereitet werden muss für den Fall, dass die Partei eine grosse Aktion zu Gunsten der Umwelt startet, jedem zur richtigen

Zeit via Internet zugestellt werden. Die Seiten der internationalen Analytiker-Partei sollen täglich konsultiert werden, wo auch alle möglichen Kontaktadressen der verschiedenen Hierarchiestufen für Fragen, Zweifel oder Vorschläge, abrufbar sind. Zusätzlich zur Registrierung/Impfung beim Analytiker-Kongress werden ebenfalls die Teilnehmer der Parallelkongresse und der Wettbewerbe junger Schönheiten geimpft und zwar in beiden Fällen unbemerkt – um unnötige Diskussionen zu vermeiden.

Um zu sehen wie die Kongresse ablaufen, besucht Herr Adler den portugiesischen Landeskongress in Lissabon. Die Organisation eines solchen Kongresses ist mit einem enormen Aufwand verbunden.
Da am Kongress keine weiteren Traktanden als die Registrierung/Impfung vorgesehen sind, läuft alles sehr rasch und speditiv. Jeder Analytiker geht mit seiner Familie an einem der zahlreichen Impfapparate vorbei, steckt seine Mitgliederkarte in den Apparat, legt seinen Zeigefinger auf den Fingerabdruckleser und erhält die Impfung aufgesprüht. Dann folgen die Familienmitglieder und zuletzt nimmt man seine Mitgliederkarte wieder zu sich. Ein paar Personen fragen Herrn Adler, warum der Zeigefinger nach dem Fingerabdrucklesen feucht ist. Er sagt ihnen, dass vor dem Fingerabdrucklesen der Finger mit einer Flüssigkeit abgesprüht wird, damit beim Fingerabdrucklesen fast keine Fehlermeldungen mehr erfolgen. Diese Erklärung des feuchten Zeigefingers steht in grossen Transparenten in der jeweiligen Landessprache an den

Wänden des Kongresssaales und auf jedem Impfapparat.

Damit ist der offizielle Teil des Kongresses für die Analytiker beendet. Die Portugiesen haben einer Restaurantkette die Bewirtung der Analytiker gegen Bezahlung eines erklecklichen Betrages in die Parteikasse übergeben, so dass der inoffizielle Teil des Kongresses bei Speis und Trank und vielen Diskussionen um einiges länger dauert als der offizielle.
Die Basis der Analytiker-Partei macht der Parteizugehörigkeit alle Ehre, da sie die vielen offenen Fragen dieses Kongresses analysiert und diskutiert. Warum soll die Partei einen Kongress organisieren, nur um zu registrieren? Dies könnte doch besser via Internet erfolgen! Warum wird der Zeigfinger beim Fingerabdrucklesen feucht? Die heutigen Fingerabdruckleser sind so zuverlässig, dass praktisch keine Wiederholungen nötig sind! Einig sind sich alle, dass irgendetwas in der Luft liegt, dass irgendetwas geschehen wird. Nicht wenige deuten den feuchten Finger in Richtung Impfung. Die richtige Antwort werden sie in kurzer Zeit als Zeugen erleben.

Herr Adler besucht auch die Parallelkongresse und die Wettbewerbe der jungen Schönheiten in Lissabon. Er ist überzeugt, dass das Direktorium richtig entschieden hat, dass auf der ganzen Erde diese zusätzlichen paar Millionen ebenfalls ins „Paradies" mitgenommen werden.

Die Hierarchie der Analytiker-Partei ist etwas besorgt über die möglichen Reaktionen der übrigbleibenden Bevölkerung nach der Freilassung des Virus. Obwohl alle Analytiker sind, akzeptieren sie vielleicht die Art und Weise der Problemlösung nicht. Aber es gibt nun mal keine andere Lösung, die funktioniert. Dies müssen und werden dann schlussendlich nach zwei bis drei Jahren alle einsehen. Eine klare Information aller Mitglieder vor der Impfung hätte ein hundertprozentiges Chaos bedeutet, da alle Erdenbürger die Impfung verlangt hätten. Die Landesvertreter wissen nur, dass die Registrierung die Impfung gegen eine Art Grippe ist. Sonst jedoch kennen sie keine Details über das Wie und Was. Lediglich die 11 Mitglieder des Direktoriums der internationalen Analytiker-Partei und einige wenige Involvierte, zum Beispiel Frau Dr. Ming, kennen alle Details.

Drei Länder – zwei afrikanische und ein asiatisches – wollen die Impfapparate nicht ins Land reinlassen, obwohl versichert wurde, dass sie nach zwei bis drei Tagen wieder in ein anderes Land transportiert werden. Alle drei Länder argumentieren, dass sie diese Apparate selber produzieren können. Vier Länder – wiederum zwei afrikanische, ein asiatisches und ein südamerikanisches – akzeptieren den Impfstoff, der als Vitaminlösung deklariert ist, nicht, weil genügend ähnliche Produkte auf dem einheimischen Markte zu finden sind. In diesen sieben Ländern findet somit keine Impfung statt. Die zuständigen Landesvertreter organisieren Bus- und Bahnreisen, um die Analytiker

möglichst vollständig in einem Nachbarland zu registrieren, respektive zu impfen.

Am 7. November 2037 findet die letzte, an einem
Kongress verabreichte Impfung statt. Die 10 Direktoriumsmitglieder lagern die Impfapparate in irgendeinem Lagerhaus. Einen Impfapparat stellen sie im eigenen Haus oder in ihrer Unternehmung auf, denn
laufend kommen noch nicht registrierte, respektive
nicht geimpfte Analytiker vorbei, um das Versäumte
nachzuholen. Die Gefahr der Impfung von Personen
ausserhalb der Analytiker-Partei ist nicht vorhanden,
da der Zentralcomputer für nicht gespeicherte Personen nur Wasser versprüht.
Grössere Probleme bei der Registrierung/Impfung gab
es schlussendlich an keinem Impf-Ort. In einigen
Ländern waren die Journalisten enorm aufsässig und
wollten mehr Informationen über die Registrierungs-
aktion. Da aber die Registrierung an allen Orten innerhalb eines halben oder höchstens eines ganzen Tages stattfand, blieb den Journalisten wenig Zeit, um
nachzufragen. Auf der ganzen Erdkugel wurden gemäss Zentralcomputer 193'798'127 Personen der Analytiker-Parteien geimpft, davon 39'327'189 in Europa,
120'926'883 in Asien, 19'019'008 in Nordamerika,
11'554'332 in Südamerika, 2'027'488 in Afrika und
943'227 in Australien/Ozeanien/Antarktis. Dies sind
96 % aller Mitglieder und Kandidaten der Analytiker-
Parteien, wobei in Afrika, Ozeanien/Antarktis und
zum Teil in Asien die geimpften Analytiker nur zwischen 65 und 95 % der im Zentralcomputer erfassten
Analytiker ausmachen. Dies weil die Distanzen vom

Wohnort zum Impf-Ort vielfach sehr gross waren, da wegen den kleinen Analytiker-Parteien, viele Länder zu einem einzigen Impflokal aufgerufen wurden. Trotzdem ist das Direktorium mit der Impfaktion sehr zufrieden. Zusätzlich erhielten 8'144'931 Personen von den Parallelkongressen und den Wettbewerben der jungen Schönheiten die Impfung, so dass schlussendlich fast 202 Millionen Menschen gegen das Virus immun sind. Auf der anderen Seite versprühten die Impfapparate bei 117'558 nicht erwünschten und im Zentralcomputer markierten Analytikern nur Wasser, was heisst, dass diese keine Immunität gegen das Virus haben. Eine spezielle Kommission von 10 Mitgliedern wird im Laufe der nächsten Jahre die in letzter Minute in die Analytiker-Partei aufgenommenen Mitglieder und Kandidaten unter die Lupe nehmen, um herauszufinden, ob eventuell die Landesvertreter die Geheimnispflicht betreffend die Impfung verletzt haben und kurz vor der Impfung Freunde und Bekannte ohne Kriterium schnell in die Analytiker-Partei aufgenommen haben.

Ein Gerücht ist im Umlauf, dass ein afrikanischer Landesvertreter die Analytiker eines ganzen Stammes wohl zur Registrierung/Impfung eingeladen hat, jedoch vorher diese im Zentralcomputer zusammen mit anderen Mitgliedern des Vorstandes der Analytiker-Partei markiert hat, so dass die Analytiker dieses Stammes nur mit Wasser besprüht wurden.

Herr Adler nimmt rasch mit dem afrikanischen Landesvertreter Kontakt auf und konfrontiert ihn mit aller

Höflichkeit und mehr indirekt mit dem Gerücht. Dieser verneint jedoch vehement, verspricht aber, dem Gerücht ebenfalls nachzugehen. Herr Adler macht ihn darauf aufmerksam, dass er ja immer noch Impfstoff besitzt, um eventuelle Nachzügler zu registrieren/zu impfen.

Da jetzt die Zeit zu knapp ist, um solchen Gerüchten gründlich nachzugehen und eine Untersuchung viel Staub aufwirbeln könnte, wird die Untersuchung durch das UNO-Gericht erst später erfolgen.

## 21. Die Freilassung des Virus in 12 Städten dieser Erde

Das Virus verbreitet sich rasend schnell via alles, was sich bewegt und auch was sich nicht bewegt, zum Beispiel Wind und auch unbewegte Luft, Lebewesen, Wasser etc., so dass es auf jeder Ecke dieser Erde innerhalb von 3 Tagen auftaucht und dann sofort seine Arbeit beginnt und innerhalb von maximal 10 Tagen abschliesst und selber abstirbt. Zum Beispiel in Thailand freigesetzt, benötigt es maximum 36 Stunden nach Europa und Afrika und 40 nach Amerika. Es greift alle nicht geimpften Personen und einige Arten von Affen an und trocknet diese ohne Schmerzen langsam und komplett ein. Die Dauer des Eintrocknungsprozesses dauert je nach Gewicht des Opfers zwischen einem und zwei Tagen. Von einem 80 kg schweren Menschen bleiben noch 15-20 kg Staub übrig. Lediglich Personen, die sich vor der Freisetzung des Virus in U-Booten oder in hermetisch abgeschlossenen Bunkern oder Kavernen befinden und dort mindestens 10 Tage nach der letzten Freisetzung des Virus ausharren, werden, obwohl nicht geimpft, nicht eintrocknen.

Es ist Sonntagabend, 27. Dezember 2037. Auf der nördlichen Hemisphäre ist es fast überall sehr kalt. Die Weihnachts-Feststimmung ist verflogen. Überall rüstet man sich für die Fest- und Saufgelage für das neue Jahr.
Herr Adler ist sehr angespannt. Niemand weiss, wann er das Virus freilässt. Aus Sicherheitsgründen hat das

Direktorium abgemacht, dass Herr Adler die Daten
der Freilassung und die Orte der Freilassung für sich
geheim behält. Man weiss ja nie, ob nicht in letzter
Sekunde jemand vom Direktorium eine Kehrtwende
macht und die Freilassung zu verhindern versucht.
Herr Adler hat unter verschiedenen Namen eine Welt-
flugreise im Erstklassabteil gebucht, die ihn für einige
Stunden auf Flughäfen seine Arbeit verrichten lässt.
Er findet es vorteilhaft, dass es auf der nördlichen
Halbkugel kalt ist und in gewissen Regionen sogar
schneit, so dass der Staub der menschlichen Körper
mit Feuchtigkeit gebunden und demzufolge weniger
durch Winde verteilt wird, was für die Gesundheit der
Überlebenden besser ist.

Obwohl das Virus – nur an einem Ort freigesetzt –
sich innert drei Tagen auf der ganzen Erdkugel verbreitet, erachtet es Herr Adler besser, das Virus an
mehreren Orten auf dieser Erde freizulassen. Er reist
ganz allein mit einem kleinen Aktenkoffer, in dem er
seinen Laptop, Zahnbürste und Zahnpasta, Ersatz-
Hemd und -Unterwäsche und 15 Portionen des Virus
einpackt, welche ihm Frau Dr. Ming persönlich auf
dem Flughafen, auf dem sie vor einer Stunde landete,
überreicht. Sie überlässt ihm auch zehn Pässe, welche
sie für ihn von einem weltbekannten Spezialisten für
Fälschungen in Singapur anfertigen liess. Für die Reise braucht er 12 Portionen für 12 Destinationen. Drei
Portionen sind als Reserve gedacht, da man ja nie
weiss, ob ein neugieriger Zoll- oder Flughafensicher-
heits-Beamter eine Portion ausprobiert. Frau Dr. Ming
hat jede der 15 Portionen des Virus in Mini-

Verpackungen verschiedener Markenprodukte, wie Zahnpasta, Parfüm, Seife, Schokolade etc. eingebettet. So erregen diese kleinen Mengen keine Reaktionen der Zoll- und Flughafenbehörden, denn wenn auf die Zahnpasta-Tube sanft gedrückt wird, kommt effektiv Zahnpasta heraus oder öffnet man die Schokoladeverpackung, findet man dort richtige Schokolade.

Um 11 Uhr fliegt Herr Adler nach Sao Paulo. Bei den Zollbehörden muss er seinen Aktenkoffer nicht öffnen. Er nimmt auf dem Flughafen das Nachtessen ein. Im Restaurant zieht er die erste Portion aus dem Aktenkoffer und legt sie auf den Boden, wo er mit dem Schuh soviel Druck ausübt bis die grüne Virus-Flüssigkeit ausläuft und sofort verdampft. Nach zwei Stunden auf dem Flughafen reist er schlafend nach Los Angeles. Auch hier geht er wieder gleich vor. Immer mit dem nächstmöglichen Flug fliegt er nach Hawaii, Tokio, Bangkok, wo er Frau Dr. Ming trifft. Zusammen essen sie eine Kleinigkeit im Flughafenrestaurant. Frau Dr. Ming bittet Herr Adler, hier in Bangkok die Viren zu starten. Er legt eine Portion auf den Boden, diesmal eine kleine Seife und Frau Dr. Ming tritt kräftig auf die Verpackung. Die grüne Flüssigkeit verdampft in der kühlen Luft des Restaurants. Sie verabschieden sich und hoffen, sich bald in Schönland zu treffen. Dann geht es weiter nach Sydney, Mumbai, Peking, wo Herr Adler aus fadenscheinigen Gründen vorerst auf dem Flughafen festgehalten wird. Die chinesischen Behörden finden es komisch, dass ein Erstklasspassagier nur mit einem kleinen Aktenkoffer herumreist, indem sich ein Laptop, je zwei Unterhosen und Socken, ein Hemd, Zahnbürste und Zahnpaste befinden. Die 10 Pässe hat er vorsichtigerweise immer in seinem Anzug untergebracht. Von den Virus-Portionen sind noch sieben übriggeblieben, der Schokoladewürfel und -Stengel, drei verschiedene Zahnpasten und zwei Handcremen. In Mumbai benötigte Herr Adler zwei Portionen, da er das Gefühl hatte, dass bei der ersten Portion sehr wenig grüne Virusflüssigkeit verdampfte. Der Inhalt des Aktenkoffers wird mehrmals von mehr als einem Dutzend Beamten begutachtet, mit allen möglichen Apparaturen, unter anderem Röntgenstrahlen, Ultraschall etc. untersucht. Zu einem schlüssigen Resultat kommen die Behörden einfach nicht. Der Laptop wird von Spezialisten getestet und alle Archive untersucht und die Programme laufen gelassen. Herr Adler hat mit Absicht neben dem Windows-Betriebssystem und den Adressen sämtlicher Landesvertreter der Analytiker-Partei nur Spiele gespeichert. Die chinesischen Computer-Spezialisten sind sichtlich verärgert, weil sie nichts Verdächtiges finden. Aber die Adresse des chinesischen Landesvertreters gibt ihnen zu denken. Er ist eine wichtige chinesische Persönlichkeit und koordiniert zusammen mit hohen Parteimitgliedern die Industrie- und Forschungspolitik. Die Computer-Spezialisten rufen den höchstrangigen anwesenden Beamten, der auf den Bildschirm des Laptops starrt. Ganz nervös geht er auf Herrn Adler zu und fragt ihn, ob er diesen Mann kenne. Herr Adler gibt zu verstehen, dass dieser Mann sein Freund sei und er unbedingt sofort mit ihm sprechen wolle. Jetzt ändert sich die Situation schlagartig. Der Chef-Beamte gibt eine

Menge Anweisungen, entschuldigt sich in aller Form
für das Missverständnis, lädt Herrn Adler ins Restaurant ein, wo sie bei einer ausgezeichneten Mahlzeit auf
den chinesischen Landesvertreter warten, der nach nur
45 Minuten im Restaurant auftaucht. Sofort steht der
Chef-Beamte auf und geht auf den Landesvertreter zu.
Herr Adler beobachtet wie die zwei Chinesen diskutieren und gestikulieren. Der chinesische Landesvertreter
begrüsst nun Herrn Adler ausserordentlich freundlich
und entschuldigt sich ausdrücklich auch für das unnötige Handeln der Beamten. Der Chef-Beamte verab-
schiedet sich, wobei er nochmals sein Bedauern für
das Vorgefallene ausdrückt. Der Landesvertreter erzählt ihm, dass er den Chef-Beamten informierte, dass
Herr Adler Wasserstoffautos und -Motorräder produziert und grosse Mengen von Auto- und Motorradtei-
len von chinesischen Lieferanten bezieht. Dass er als
Herrn Fischer in China einreiste und dass der chinesische Landesvertreter von Herrn Adler sprach, merkten
die Beamten nicht.

Vor lauter Aufregung hätte Herr Adler fast vergessen,
das Virus in Peking freizulassen. Kurz bevor er mit
dem nächstmöglichen Flugzeug nach Moskau reist,
geht er schnell in den Waschraum und drückt dort mit
dem Fuss auf eine Portion Zahnpasta. Die Reise geht
weiter nach Moskau, Kairo, Johannisburg und zurück
nach Schönland, wo er die letzte Portion und die zwei
nicht verwendeten Reserve-Portionen Virus für Europa freilässt. Die ganze Reise dauerte fast sechs Tage.
Trotz einer gewaltigen Müdigkeit, will er noch die
neuesten Meldungen im Internet anschauen und siehe

da, er findet bereits Meldungen aus Asien, Nord- und Südamerika, dass Hunderttausende von Bürgern von einer unbekannten Krankheit befallen wurden, die die Betroffenen lethargisch macht, ihnen die Energie zu irgendwelchem Handeln wegnimmt und die Körper eintrocknet.

Noch bevor er schlafen geht, organisiert er schnell eine Videokonferenz mit den Mitgliedern des Direktoriums der internationalen Analytiker-Partei. Er orientiert sie, dass er das Virus in 12 Ländern, verteilt auf die fünf Kontinente, freigelassen hat und dass in den Nachrichten im Internet bereits die ersten Opfer erscheinen.

Herr Adler veranlasst vom Zentralcomputer aus das Aussenden des Codewortes „Paradies", der Nominierungen und Aufgaben der Regions- und Gemeinde-Manager und der Millionen von Einsatzplänen für die Personen, welche die Infrastruktur in allen Ländern aufrechterhalten müssen.

Jedes Mitglied des Direktoriums hat nun die Aufgabe, die ihm zugeteilten Landesvertreter zu orientieren, die die ersten organisatorischen Massnahmen für ein reibungsloses Funktionieren der Infrastruktur und für die Aufrechterhaltung der Sicherheit in jedem Lande koordinieren und sicherstellen müssen. Da die Landesvertreter damals – ab Ende 2033 – zusammen mit dem zuständigen Direktoriumsmitglied die Personalpläne für die wichtigsten Infrastrukturbetriebe zusammengestellt haben, sind sie gut informiert.

Die Landesvertreter übernehmen nun das Zepter in
den einzelnen Ländern und orientieren als erstes die
Mitglieder und Kandidaten der Analytiker-Partei im
Internet. Jeder der für eine zusätzliche Aufgabe vorgesehen ist, findet im Internet auch seinen Einsatzplan
und kann bei Zweifeln sofort rückfragen.

## 22. Das Leben in Altenwil, Schönland und der übrigen Welt – Teil 6 und der Tagesablauf der Nicht-Analytiker

Die Familie Hirsch flog vor ein paar Tagen für 14 Tage in die Ferien nach Kenia ab. Sie wohnen in einem 5-Stern-Hotel am Strand des Indischen Ozeans. Die Kinder tummeln sich – mit einer dicken Schicht Sonnencreme versehen – fast den ganzen Tag am sonnigen Strand, während Frau und Herr Hirsch am und im grossen Schwimmbad des Hotels trinken und essen.

Am Anfang der 2. Ferienwoche wundert sich Herr Hirsch, dass er erstens sehr wenig Durst spürt und zweitens beim Gewichtstest auf der Waage abnimmt anstatt, wie bei früheren Ferienaufenthalten, an Gewicht zuzunehmen. Er führt die Gewichtsabnahme auf die unzuverlässigen Waagen zurück.

Jeden Tag kommen immer weniger Angestellte des Hotels zur Arbeit. Allmählich bricht der Service des 5-Stern-Hotels ein. Nur das Restaurant funktioniert noch halbwegs. Trotz der schlechten Bedienung reklamiert niemand. Alle wirken irgendwie ganz entspannt. Frau Hirsch und die beiden Kinder fühlen sich sehr schlapp, so dass sie sich entschliessen, beim europäischen Arzt, der seine Praxis hier aufgebaut hat, eine Arztvisite zu machen. Er ist registrierter, geimpfter Analytiker und stellt sofort fest – nachdem er die Frau Hirsch und ihre beiden Kinder gesehen hat – dass seine Partei zugeschlagen hat. Er verordnet viel Ruhe und verschreibt ein harmloses Schmerzmittel, obwohl er weiss, dass dies nichts mehr bringt.

Die ganze Familie Hirsch ist im Hotelzimmer versammelt – ruhig, gesprächsarm und lethargisch. Sie haben keine Lust mehr zum Essen und zum Trinken. Niemand hat Schmerzen. Niemand fragt nach dem Grund dieses Zustandes, denn das Gehirn hat bereits auf Sparflamme geschaltet, das Denken ist fast zum Erliegen gekommen. Aus dem Fenster zum Strand sieht man Hunderte von Touristen und Einheimische, welche sich nur noch im Schneckentempo bewegen. Auch sie verhalten sich extrem ruhig. Man sieht niemand in Panik. Nach einem halben Tag sind die meisten bereits komplett eingetrocknet. Trotz der Hitze gibt es keine Fäulnis und es stinkt nicht, obwohl sich in der Luft ein fremder, jedoch nicht sehr abweisender Duft verbreitet, der auch nach drei Tagen gänzlich verschwindet. Innerhalb von drei Tagen sind alle eingetrockneten Körper der Menschen zu Staub zerfallen, der sich mit Sand und Erde vermischt.

Herr Schwan hat für den Jahreswechsel ein riesiges Kreuzfahrtschiff auf dem Mittelmeer gemietet, wo gegen ein ebenfalls riesiges Eintrittsgeld viele Politiker, Beamte, korrupte Unternehmer, Fernseh- und Sportprominenz und die sogenannte Elite aus Schönland – die meisten ohne ihre Ehepartner – dort auftauchen und sich einnisten. Ebenfalls eingeladen sind zahlreiche einheimische und exotische junge schöne und mittelalterliche nicht mehr so schöne Personen weiblichen Geschlechts, wie Models, Schauspielerinnen der zweiten und dritten Klasse, Tänzerinnen etc., welche ohne Eintrittsgeld nur für das Wohl der männlichen Gäste sorgen müssen. Auf je einen männlichen Gast findet man drei Frauen auf diesem Kreuzfahrtschiff.

Fast zu viele Personen sind der Einladung von Herrn Schwan gefolgt, der es verstand, ein ausserordentlich attraktives Programm während der Neujahrsreise – vom 29. Dezember 2037 bis 5. Januar 2038 – zusammenzustellen. Von früheren Festen mit Herrn Schwan weiss man, dass alles bestens organisiert ist und die Damen immer sehr freundlich und willig sind. Alle Suiten der gehobenen Klasse sind besetzt. Jeden Abend werden die noch freien Schönheiten den Suiten der Alleingekommenen zugelost, so dass niemand allein bleibt. Auch die nicht Alleingekommenen können für ein paar Stündchen in einer speziell dafür eingerichteten Suite sich mit bei Herrn Schwan reservierten Damen vergnügen, selbstverständlich alles sehr diskret. Alle haben das Gefühl, dass wirklich alles mit Diskretion abläuft. Aber Herr Schwan hat in allen Suiten versteckte Kameras installiert, damit er die entsprechenden Personen bei Bedarf unter Druck setzen kann.

Der Höhepunkt der Reise ist eine riesige Party am Silvesterabend mit einem international bestückten Unterhaltungsprogramm, welches bis zum Neujahrsmorgen dauert. Zum Leidwesen von Herrn Schwan sind einige Damen, hauptsächlich aus exotischen Ländern, bereits an diesem schönen Abend etwas schlapp. Er denkt, dass sie vielleicht in der vergangenen Nacht bereits etwas übertrieben haben. Ungewöhnlich viele Gäste sind während des Neujahrstages nicht mehr auf dem Deck und zu den üppigen Essen erschienen. Wahrscheinlich erholen sie sich vom ausschweifenden Leben während der Silvesternacht. Am 2. Januar sind bereits auch schon viele der Schiffsmannschaft nicht mehr richtig ansprechbar. Die wenigen geimpften Analytiker und auch einige geimpfte Schönheiten geraten in Panik. Das Kreuzfahrtschiff hat kein Kommando mehr. Die ganze Mannschaft ist nicht geimpft und bereits jetzt findet man von der oberen Hierarchie der Mannschaft niemanden mehr, der noch eine vernünftige Antwort auf eine gezielte Frage gibt. Der Kapitän ist bereits eingetrocknet, seine Offiziere nicht mehr fähig, das Schiff zu führen, so dass es langsam immer in die gleiche Richtung gleitet. Auch der Herr Schwan sitzt ganz ruhig, entspannt und lächelnd in einem schönen Sessel. Die vielen Fragen, die auf ihn eintrommeln, hört er anscheinend gar nicht mehr. Die Geimpften versuchen mit ihren Handys erfolglos jemanden auf dem Festland zu erreichen. Das grosse Kreuzfahrtschiff gleitet immer in die gleiche Richtung. Bald schon sieht man Land. Einige der Geimpften versuchen im Kommandoraum die Motoren abzustellen oder wenigstens zu drosseln. Auch Lenkversuche gelingen nicht, da alles via Computer gesteuert ist und niemand die Zugangscodes kennt, mit denen man Zugriff zur Steuerung des Schiffes erhält. Das Land kommt immer näher. Niemand weiss genau, was für eine Region vor ihnen liegt. Die meisten tippen auf ein

nordafrikanisches Land, da die Sandflächen riesig
gross sind. Der Aufprall des Schiffes könnte unter
Umständen sehr heftig sein, je nach Beschaffung der
Küste. Alle Geimpften suchen einen Ort, wo sie sich
festhalten können, damit sie nicht über Bord gefegt
werden. Bevor aber das Schiff die Küste erreicht, wird
es bereits von Sandbänken abgebremst, so dass es
schliesslich ungefähr 100 Meter vor der Küste in relativ ruhigem und nicht sehr tiefem Wasser festsitzt.
Zum Glück sieht man zwei kleine Boote, die auf das
grosse Kreuzfahrtschiff zusteuern. Jetzt fassen die 43
Geimpften Mut und seilen sich in die zwei wartenden
Boote ab, die ein paar Mal zum Ufer und zurück fahren bis alle an Land sind. Die zwei Boote werden von
einem Ärzte-Ehepaar gesteuert, das auch gleich die
Schürfungen beim Abseilen medizinisch versorgt. Die
Geretteten erfahren nun, dass sie in Tunesien gelandet
sind und dass die Analytiker das Zepter auf der ganzen
Erde übernommen haben. Jetzt erkennen viele Analytiker den Zweck des Registrierungskongresses, wo alle
auf den Zeigefinger geimpft wurden.
Das tunesische Ehepaar organisiert den Transport der
43 Geretteten zu einem etwa drei Kilometer entfernten
Städtchen, das nur noch 120 Einwohner zählt. Die 43
werden auf die vielen leeren Häuser verteilt und gut
versorgt. Von hier aus gelingt es einigen, mit ihren
Familien in Schönland Kontakt aufzunehmen.

Die Familie Ameise geht wie gewohnt ihren Verpflichtungen in Altenwil nach. Herr Ameise arbeitet in
der Fabrik von Herrn Adler, seine Frau auf der Gemeindeverwaltung und die Kinder sind in der Schule.

Herr Ameise muss jetzt noch mehr arbeiten, da viele
Arbeiterinnen und Arbeiter nicht mehr zur Arbeit erscheinen. Herr Adler stellt eine Montagelinie nach der
anderen ab und disponiert die verbleibenden Arbeiter
auf je eine Montagelinie für Autos und eine für Motorräder. Frau Ameise müht sich auf der Gemeindeverwaltung noch einen Tage ab, dann bleibt sie zu Hause
und trocknet langsam ein. Sie wollte damals auf keinen Fall zum Analytiker-Kongress, wo die Registrie-
rung/Impfung erfolgte, mitgehen, da sie anscheinend
an einer Geburtstagsparty mit ihren Gemeindeverwal-
tungskolleginnen teilnahm.

In der Schule verteilen die Lehrer die verbleibenden
Schüler auf 4 Klassenzimmer. Diese Schüler – ohne
zu wissen, dass sie geimpft wurden – wollen natürlich
den Grund wissen, warum in kurzer Zeit so viele Mit-
schüler und Lehrer zu Hause bleiben und sterben. Der
Rektor der Schule, der sieht, dass nur die Mitglieder
der Analytiker-Partei übrigbleiben, ahnt den Grund
des Massensterbens. Er beantwortet die Fragen der
Schüler, indem er auf die Natur zurückgreift, wo bei
allen Lebewesen die Überzahl durch Krankheiten eliminiert wird.

Auch Herr Esel und Pfarrer Vögeli im Regionalge-
fängnis – ungefähr 50 km von Altenwil entfernt – fan-
gen langsam an einzutrocknen. Die meisten Gefäng-
niswärter sitzen lethargisch herum. Viele Türen und
Tore sind offen, aber kein Gefangener läuft weg.

147

## 23. Die Tage darnach im neu geschaffenen Paradies – anfangs 2038.
## Die Schlussbetrachtungen – die Zukunft der Zukunft

Die Erde hat sich Ende 2037 innerhalb weniger Tage von 8 oder vielleicht bereits 8.5 Milliarden Menschen auf die geimpften 202 Millionen Menschen gesundgeschrumpft, die sich nun alle nötigen Aufgaben unter sich aufteilen.

Die Tage danach sind von einer beängstigenden Ruhe. Man ist sich gar nicht mehr an ein Leben ohne Hektik und Lärm gewohnt.

Wie abgemacht, leben sämtliche geimpften Analytiker ihren gewohnten Alltag. Viele davon haben sofort ihre (zum Teil zusätzlichen) Funktionen übernommen, so dass die ganze Infrastruktur – auf dem gleichen Stand wie vorher, jedoch meistens adaptiert für weniger Menschen – funktioniert. Allerdings haben diejenigen Personen, welche eine zusätzliche Aufgabe zur Aufrechterhaltung der Infrastruktur übernommen haben, einige Stresstage vor und hinter sich. Aber bald wird auch hier die Routine eintreten.

Den Rekord an zusätzlichen Aufgaben hat ein Ingenieur in einem nigerianischen Regionalhauptort, der von ungefähr 7.2 Millionen auf 36'000 Einwohner geschrumpft ist. Er muss vorläufig die Wasserversorgung, die sehr rudimentären Abwasserreinigungsanlagen, die Telefonzentrale und die elektrischen/elektronischen Strassensignalanlagen in Betrieb halten. Daneben fährt er das Ölstromkraftwerk auf nur noch zwei Prozent der ursprünglichen Leistung herunter bis die entsprechenden Stromleitungen erstellt sind, welche nur noch Wasser- und Windkraftstrom heranbringen. Dann wird das Ölstromkraftwerk ganz und definitiv abgestellt. Die privaten Haushalte werden mit den deutschen supereffizienten Solarzellen ausgestattet.

Eine der ersten Massnahmen der Gemeinde-Manager ist die Berieselung der Strassen in den Städten und Dörfern mit Wasser, damit weniger Staub herumgewirbelt wird. Dort wo sich viel Staub ansammelt, wird er eingesammelt und auf offenen Feldern verteilt. In wenig überbauten Gegenden vereinnahmt die Natur den Staub.
Der Staub aller eingetrockneten Menschen wiegt ungefähr 117 Millionen Tonnen und ergäbe um die 3 Millionen Lastwagen voll Staub.
Am 6. Januar 2038, um 12 Uhr Greenwich-Zeit, gedenkt man auf der ganzen Erdkugel während einer Minute der eingetrockneten Menschen, die – zwar unfreiwillig – Platz gemacht haben für die Überlebenden und für die Natur, welche sich nun ohne zusätzliche Massnahmen langsam erholen wird.

Atomkraftwerk-Spezialisten fahren alle mit Atom betriebenen Systeme auf der ganzen Erde, wie Atomkraftwerke und Atomunterseeboote herunter und legen sie still. Andere Fachleute nehmen sich der Atomwaffen an. Heizungsanlagen und Kraftwerke, die mit fossilen Energieträgern betrieben werden, lässt man ganz einfach ohne neuen Kraftstoff, so dass einen Monat nach der Bevölkerungsreduzierung fast nur noch abgasfreie und unproblematische Energieerzeuger im Betrieb sind.

Aus nur zum Teil erklärlichen Gründen ist ein Atomkraftwerk im asiatischen Teil von Russland explodiert und hat die Umgebung stark strahlenverseucht. Die für das Herunterfahren dieses Reaktors vorgesehene Gruppe von acht Spezialisten war im Zentralcomputer der Analytiker-Partei gespeichert und alle acht haben den entsprechenden Einsatzplan via Internet erhalten. Erschienen sind dann nur drei davon, welche irgendetwas beim Herunterfahren falsch gemacht haben, so dass sie die Kontrolle über den Reaktorprozess verloren. Bis zuletzt hielten sie den Kontakt zu anderen Atomkraftwerkspezialisten via Internet aufrecht. Aber es war bereits zu spät. Der routinierteste Atomkraftwerkspezialist, der dort auch angestellt war, nahm aus irgendwelchen Gründen nicht an der Impfung teil und der entsprechende Landesvertreter bemerkte dies nicht, obwohl der Zentralcomputer eine entsprechende Warnung herausgab.

Die Schifffahrtsgesellschaften werden informiert, dass sie ihre Schiffe und deren Bewegungen streng überwachen sollen. Schiffe mit gefährlicher Fracht für die Umwelt, wie Rohöl, chemische Produkte etc. müssen stündlich kontaktiert und im Bedarfsfall mit einer neuen Mannschaft versehen werden.

Das gleiche geschieht mit den Fluggesellschaften und Eisenbahnen. Die Fluggesellschaften müssen alle Piloten bei jeder Zwischenlandung gesundheitlich testen und bei Verdacht auf Eintrocknung des Körpers sofort auswechseln. Treten gesundheitliche Probleme in der Luft auf, soll sofort eine ungeplante Zwischenlandung eingeschaltet werden. Ab sofort und vorläufig müssen immer zwei Piloten als Reserve mitfliegen.

Die Eisenbahnen sollen für 15 Tage ihren Betrieb einstellen. In der Zwischenzeit wird entschieden, ob sie ganz eingestellt oder wieder fahren werden.

In Altenwil bleiben von den 8'500 Einwohnern noch 570 übrig, darunter die vollzähligen Familien Adler und Egli. Diese 570 Personen, respektive 130 Familien und 80 Einzelpersonen sind und waren alle Mitglieder der Analytiker-Partei. Herr Adler hat in Altenwil  keine Ausnahmen bei der Selektion der Auserwählten gemacht.

Herr Adler produziert jetzt mit lediglich 75 Arbeitern und Angestellten eben nur noch 750 Autos und 900 Motorräder je Jahr und der Jahresnettogewinn ist auf 3,8 Millionen Schönland-Franken gefallen.

In Afrika gibt es nur noch vier Länder. Auch auf allen anderen Kontinenten fusionieren kleine Länder zu grösseren Einheiten, damit die Verwaltung effizient arbeiten kann.

Alle jetzt nicht mehr benötigten Flächen dieser Erde werden einfach der Natur überlassen oder als Starthilfe zum Teil aufgeforstet. So werden sie automatisch zu riesigen Naturparks.

Um die Infrastruktur, wie Wasser, Abwasser, Gas, Telefon, Elektrizität möglichst effizient warten zu können, werden Dörfer und Stadtteile mit weniger als 1000 bewohnten Häusern vom Infrastrukturnetz abgetrennt. Jede erwachsene Person erhält – sofern gewünscht – ein Haus am Arbeitsort und im Zentrum der Städte – sofern er nicht bereits Besitzer ist – und zwei Ferienhäuser. Ein Teil der Hochhäuser wird für Büros der Unternehmungen und für Tourismus reserviert. Da die Bevölkerungszahlen stabil bleiben, besteht kein zusätzlicher Wohnraumbedarf. Alle historischen oder sonst architektonisch wertvollen Gebäude inklusive Religionsbauten verwendet man für öffentliche Zwecke, wie Museen, Theater- oder Konzerträume, Büros etc. Alle anderen nicht mehr benötigten Gebäude werden mit der bestmöglichen Methode abgerissen, das Material teilweise aufbereitet für zukünftige Gebäude oder Infrastruktur und der dafür frei werdende Boden als Garten, Freizeitanlage oder Parks eingerichtet oder einfach der Natur überlassen.

98 % der Bürokratie werden ausgeschaltet. Da auch nur ungefähr 2 % der Regierungsbürokraten unter den Auserwählten sind, funktioniert die Regierung schneller, besser und freundlicher.

Nicht mehr benötigte Maschinen, Fahrzeuge, Flugzeuge, sämtliches Kriegsmaterial etc. werden eingeschrotet und in ihre Originalmaterialien zerlegt, eingelagert, zum Teil eingeschmolzen und je nach Bedarf wiederverwendet, so dass die Vorräte der meisten Rohmaterialien für Jahrhunderte, zum Teil Jahrtausende reichen. Mit Ausnahme der seltenen Erden und von Rohöl wird der Abbau von neuen Rohmaterialien fast vollständig eingestellt. Rohöl und dessen Derivate werden nicht mehr verbrannt, sondern als Basisrohmaterialien für die Industrie verwendet.

Auch die United Banking Corporation wird jetzt von einem anderen General Manager bestens geleitet, der ein gutes, jedoch der Verantwortung und Leistung entsprechendes Salär erhält. Die Bank selber besinnt sich wieder zur Hauptsache auf ihre effektiven Bankaufgaben, das heisst Geldaufnahme (Sparkonti, Kassaobligationen, Obligationenanleihen), Geldverleih (Immobilienhypotheken, Kredite an Selbständigerwerbende, Handwerk, Industrie, Dienstleistungen) und Vermögensverwaltung. Spekulationsgeschäfte auf allen Ebenen, Anlagen in dubiosen Hochzinspapieren, das heisst Geschäfte, die kurzfristig die Gewinne und die Saläre der Direktoren erhöhen, mittel- und langfristig jedoch nur riesige Bankverluste verursachen, werden vermieden.

Langsam beginnen sich die Menschen an die veränderten Umstände im neuen Paradies zu gewöhnen und die neuen Freiheiten auszukosten. Die Natur erholt sich schneller als erwartet. Die Vegetation nimmt die neuen ungenutzten Flächen in Anspruch und die vielerorts stark verschmutzten Flüsse verbessern ihre Wasserqualität von Monat zu Monat. Die Bestände der Hunderten von Millionen Rindviechern reduzieren sich auf natürliche Art und Weise, indem ein grosser Teil – mangels entsprechend aufbereitetem Futter und fehlender Betreuung – nur wenige Monate überleben. Ein anderer Teil verwildert in der freien Natur. Ein paar Millionen Rinder werden auf Grossfarmen für die Milch- und Fleischproduktion ohne Hormone und Antibiotikas möglichst naturnah gehalten.

\* \* \* \* \* \* \*

**Nachwort des Verfassers:**

Obwohl die Erzählung eine Art „Science Fiction" ist, gibt es auf dieser Erde unter Berücksichtigung der Natur und Umwelt keinen Weg für ein <u>qualitativ hochstehendes Leben</u> in jeder Hinsicht und in friedlicher Umgebung für <u>alle 8 oder 9 Milliarden Menschen</u>, wobei der Begriff „qualitativ hochstehendes Leben in jeder Hinsicht" noch zu definieren wäre, da bekanntlich jeder darunter etwas anderes versteht.

Es gibt keinen Weg, weil erstens zu viele Menschen „ihren" Platz nach ihrem Gutdünken einrichten wollen, zweitens weil die verschiedenen Ansichten zu weit auseinanderklaffen, drittens weil die mannigfaltigsten egoistischen Ziele sich nicht vereinbaren lassen, viertens weil sich auf dieser Erde zu viele dumme Leute tummeln, fünftens weil auf dieser Erde zu viele gewaltbereite Personen herumlaufen und zuletzt – aber am wichtigsten – weil die Erde nicht für diese Anzahl Menschen gedacht war und ist.

Die Erde kann vielleicht 9 Milliarden Menschen ernähren, aber nicht die Wünsche von 9 Milliarden zufriedenstellen – schönes Haus oder schöne Wohnung mit modernster Einrichtung, Autos, Motorräder, Boote, Flugapparate, Kleider, Dienstleistungen, Freizeiteinrichtungen, Ferienorte etc. etc.

Nur ein Beispiel: wenn von den 8 Milliarden Menschen die Hälfte zum Mittelstand oder darüber aufsteigt und jedes Jahr in die Ferien fliegt, die Asiaten nach Europa oder Amerika, die Europäer nach Asien, Amerika oder Afrika etc. etc. dann ergibt dies 8'000'000 Grossflugzeuge mit je 500 Passagieren, das heisst schön verteilt über das ganze Jahr tagtäglich 22'300 Grossflugzeuge nur für die Ferien!!

Der ganze Wohlstand, das ganze Wirtschaftssystem, hauptsächlich der industrialisierten Länder und jetzt auch der Schwellenländer basierte und basiert auf dem Glauben an stetigem Wachstum – mehr Personen, die aktiv in der Wirtschaft tätig sind, mehr Einkommen, mehr Konsum, mehr Freizeit und Ferien, mehr Produktion von neuesten, neuen und auch von schon lange existierenden Produkten aller Art, mehr Steuern, mehr Vorschriften der Regierungen, welche mehr Personal und mehr Kosten verursachen etc. etc. und natürlich immer auch etwas Inflation – nicht zu wenig und nicht zu viel.

Kommentare und Kritik bitte an die E-Mail-Adresse senden. Ich werde mich bemühen, alle E-Mails, die eine Antwort verlangen, innert nützlicher Frist zu beantworten:

E-Mail: buecher-schnarwiler@bluewin.ch